心灵的故园

吴志义◎著

新 华 出 版 社

图书在版编目（CIP）数据

心灵的故园 / 吴志义著. -- 北京 ： 新华出版社, 2020.7
ISBN 978-7-5166-5260-2

Ⅰ. ①心… Ⅱ. ①吴… Ⅲ. ①诗集－中国－当代
Ⅳ. ①I227

中国版本图书馆CIP数据核字(2020)第136735号

心灵的故园

作　　者：吴志义

责任编辑：徐文贤　　**封面设计：**刘宝龙
特约编辑：陈　叶

出版发行：新华出版社
地　　址：北京石景山区京原路8号　　**邮　　编：**100040
网　　址：http：//www.xinhuanet.com/publish
经　　销：新华书店、新华出版社天猫旗舰店、京东旗舰店及各大网店
购书热线：010－63077122　　**中国新闻书店购书热线：**010－63072012

照　　排：六合方圆
印　　刷：三河市君旺印务有限公司

成品尺寸：148mm×210mm　1/32
印　　张：7.5　　**字　　数：**120千字
版　　次：2020年8月第一版　　**印　　次：**2020年8月第一次印刷

书　　号：ISBN　978-7-5166-5260-2
定　　价：55.00元

作者 1977 年于青藏铁路建设工地

作者 2008 年于北京香山

我与哲理诗

（代序）

没有想到，多年之后仍有读者记得我的那首《在海边，答女儿问》的小诗。时不时会有人问我："你诗中的女儿现在哪里，还给她写诗吗？"我一时无语。因为那首小诗说到底是一首哲理诗，并不全是写给女儿的。小诗原文为：

在海边，答女儿问

就这样，我们躺在海边的沙滩上，晒着太阳，聊着大海。

"世界上最暴躁最狂热的是什么？"
"大海。"
"世界上最沉稳最安静的是什么？"
"大海。"

"世界上受污染最深重的地方是什么？"

"大海。"

"世界上最圣洁最纯净的地方是什么？"

"大海。"

"世界上心胸最阔达、最坦荡的地方是什么？"

"大海。"

"世界上隐秘最多最深的地方是什么？"

"大海。"

我不否认，为了使读者能够产生"在场感"和心灵的愉悦，在这首诗中，作者选择在大海边与女儿对话这一意境，以便于切入读者的情感世界和哲理空间，进而阐发人的情感、品德、胸怀修炼中的对立统一关系及其升华。

说起我对哲理诗的喜好，或许与我的人生经历有关。我出生于黄河中段的中原大地，这里是我国近代以来多灾多难的地域，《大河奔流》《一九四二》等文学和影视作品，是那个水患、饥荒和战乱年代的真实写照。作为那个年代的亲历者，我的祖父辈和父辈每每谈起那段历史，他们却很少说到苦难和死亡，讲得最多的是一些幽默片段和哲理故事。至今记忆犹新的是一次水灾中一位富人和一位穷人的避难故事，他们的房屋同时被洪水淹没，爬上了同一棵大树，富人抱着装有银圆的钱袋子，穷人抱着一个大南瓜，洪水多日不退，穷人饿了啃一口南瓜，富人无奈，要拿钱买穷人的南瓜，穷人不卖。但几天之后双方交了朋友，穷人给富人分了半个南瓜，富人给穷人半袋子银圆，共同活了下来。洪水退去，二人互帮互助，并一起救助其他穷人，受到众人拥戴。这是一个温暖的情感故事，也是一个朴素的哲理故事。20 世纪 60 年代生活困难时期，中原一带尤甚。我先是读初中，后又考入全县唯一的一所高中，饥饿和精神上的困顿，使我几次险些辍学。有同学鼓励我说，再苦的戏也有唱完的时候，不能中途退场。一位老师说，没有熬不过的冬天，没有盼不来的春天，并推荐我去读点庄子的《南华经》，说庄子是战国时期的思想家和哲学家，古为南华的东明县是庄子故里，所以《庄子》一书又称《南华经》。我找《南华经》来读，却很难读懂，但从一个个寓言故事中能感觉出困境中的庄周那种看破红尘的达观、超越时空的率真，以及视物质无用为有用的辩证思维。

后来，我离开家乡，先是走过了二十年的一身军装和四处漂泊的筑路生涯，尔后在由铁道兵整体改制的中国铁道建筑总公司总部供职二十余年。两个大体对半的时间板块，组成了一个我工作历程的同心圆。无论是在艰苦流动的铁路建设工地，还是在相对稳定的机关和院校，对哲学和哲理诗的喜好，始终是我心灵中温暖的陪伴。1979 年，我被选送到长沙铁道兵学院深造，哲学课除艾思奇的《辩证唯物主义和历史唯物主义》这一基本教材外，我又到图书馆借阅相关书籍，五彩斑斓的哲学圣堂，给了我不少的乐趣和启迪。最终我以包括哲学在内的十二门课程全优的成绩毕业，校方有意留我在哲学教研室任教，因本人对南方气候不适未果。学习期间，我的一组哲理诗被长沙一家文学刊物刊用，并应邀参加创作研讨会。此后，我更加留心积累写作素材，探索创作规律，像一个蹒跚学步的孩子，在哲理诗的小道上一步步向前迈进。有幸的是，由原铁道兵报改版的铁道工程报文艺副刊为我开辟《树叶集》专栏，不定期刊发我的哲理诗习作。我的好友和兄长吕希杉，原为铁道兵文化部专职创作员，后调铁道部工作，与我是前后楼的邻居，对我的习作给予了热情地关注，他每每看到我的诗作，或面谈或通电话，既有赞赏，也有指导，并鼓励我适当时机结集出版。此后，我与当时颇有社会影响的诗人汪国真相识，他的诗作简洁清丽，贴近生活，富有哲理，诸如“没有比脚更长的路，没有比人更高的山”等诗句被人们熟知。几次交往之后，我将准备出版的诗稿拿给他看，他热心地撰文推荐，并带我到一家出版社与编辑面谈。对方竟将我的一首小诗误认为是汪国真的诗作，弄得双方不好意思。谈起哲理诗的话题，我与汪国真既有共识，又有不同的见解，感觉他偏重于理念，我看重于意境。此后，我的《心灵的雨丝》《心灵的潮汐》相继出版，并于2003年被批准加入中国作家协会。事后有人告诉我，说是我能顺利加入中国作协得益于我的哲理诗，如今写这类诗的人少。

退休之后，作为一种精神享受和心理按摩，我时常翻阅古体诗之类的杂书，唐诗的意境之美，宋词的理趣之妙，令我叹为观止。古诗词中众多哲理的诗篇和佳句，大体可分为两类，一类是偏重于诗的意境，将抽象的哲理蕴于鲜明的艺术氛围之中，使读者可信可感，过目不忘。如“横看成岭侧成峰，远近高低各不同。不识庐山真面目，只缘身在此山中。”（宋·苏轼《题西林壁》）直言观察事物的立足点不同，结论亦不同，只有摆脱主观的局限，才可得出客观公正的结论。又如“莫言下岭便无难，赚得行人空喜欢。正入万山圈子里，一山放过一山拦。”（宋·杨万里《过松源晨炊漆公店》）诗言做事为人不可被一时的成功和顺利所迷惑，又可延伸理解为一个人前半生与后半生不同境遇的辩证关系。诸如这般意境中富有哲理哲趣的佳句还有很多，如“会当凌绝顶，一览众山小。”（唐·杜甫《望岳》）“春潮带雨晚来急，野渡无人舟自横。”（唐·韦应物《滁州西涧》）“夕阳无限好，只是近黄昏。”（唐·李商隐《登乐游原》）。再一类是，偏重于诗的理念，托物言理，直抒其意。如“梅雪争春未肯降，骚人搁笔费评章。梅须逊雪三分白，雪却输梅一段香。”（宋·卢梅坡《雪梅》其一）言万物各有长短，不可一概而论。再如“若言琴上有琴声，放在匣中何不鸣？若言声在指头上，何不于君指上听？”（宋·苏轼《琴诗》）直言万物一果多因的事理关系。此类托物言理的诗句甚多，再如“百川东到海，何时复西归？少壮不努力，老大徒伤悲。”（汉·乐府《长歌行》）“居高声自远，非是藉秋风。”（唐·虞世南《蝉》）“海内存知己，天涯若比邻。”（唐·王勃《送杜少甫之任蜀州》）“蝉噪林愈静，鸟鸣山更幽。”（南北朝·王籍《入若耶溪》）等等。

说到国外的哲理诗和诗人，印度的泰戈尔是我的最爱。他的诗意境优雅、恬淡，哲理含蓄、深邃，给人以文学和精神的双重享受。诸如“生如夏花之绚烂，死如秋叶之静美。”“你看不见你自己，你所看见的只是你的影子。”“鸟儿愿为一朵云，云儿愿为一只鸟。”“根是地上的枝，枝是空中的根。”“死亡隶属于生命，正如生一样。举足是走路，正如落足也是走路。”“‘你离我有多远呢？果实呀？’‘我藏在你的心里呢，花呀’。”等等。此外，有一些国外诗人的哲理诗兼有抒情和朦胧，呈现另一种情趣和美感。如俄国普希金的《假如生活欺骗了你》，诗中写道：“一切都是瞬间，一切都将会过去；而那过去了的，就会成为亲切的怀恋。”再如匈牙利裴多菲的《我愿意是激流》，诗中写道：“我愿意是激流，是山里的小河，在崎岖的路上、在岩石上经过……只要我的爱人是一条小鱼，在我的浪花中快乐地游来游去。”

品味这些哲理诗经典，我更加觉得自己是一个幸运的夜行者，在前进的路途上，时时有星光的照耀和方向的指引。

说到这本《心灵的故园》，这是多年前就有的书目，当属《心灵的雨丝》《心灵的潮汐》之后的第三本。由于自己的懒散且常有琐事缠身，直到如今才勉强拿出手来。这样也好，时光的推移让我多了些走进暮年的思绪沉淀。多年前与我在海边诗论大海的二女儿，当时是天真烂漫的中学生，此后她大学毕业先后供职于《环球时报》和新浪网新闻中心，作为《心灵的潮汐》的第一读者，为我写下了《难得静心听潮声》的序文。此后，她在海外为新浪网做远程服务，为了增强孩子的中国情结，每隔一两年回国一次，在各地参观游览。时常听到外孙与外孙女得意地用我听不懂的英语交流观感，我心中常有一种无奈的陌生和疏离感。2019 年暑假期间，读中学的外孙女已长得与妈妈比肩，主动帮家人收拾房间，跪着擦拭大人够不到的地方，做事十分认真，时而黏在姥爷身边，让我讲她小时候的故事，当我讲到令她不悦的情节时，她伸出食指放在唇边，示意我就此打住并替她保密，我趁机提出“条件”，她一一应诺，一老一少两个隔辈人就此达成口头的“攻守同盟”。此后，我外出购物办事，她便成了我身边乖巧听话的“小跟班”，一路谈笑风生，时空的情感阻隔顿时远去。如此温暖的故事，在我大女儿和三女儿的孩子身上也有许多，因为成长的环境不同，男孩女孩又有不同的特质跟喜好，他们各有自己的可爱之处。如此这些童真童趣是我甜蜜的回忆，又从不同的角度为我哲理诗的写作提供了素材和思考。这本诗集除了哲理诗之外，一并收入了近些年我的部分乡情乡愁诗和军旅生涯的抒情诗，以及半禅半俗的“禅茶集”。对于部分发表过的诗作，我作了个别文字性修改。

自己做梦自己圆，聊以此文作为该书的自序。

2020 年夏月于北京

目　录

CONTENTS

辑　一

辑　二

辑　三

辑 四

附 录

辑一

夕阳下
秋风里
我漫步在林荫道上
信手拣起一片随风飘落的黄叶
细细看来
这树叶的一面是哲学
树叶的另一面是诗

——摘自《秋叶集》

秋叶集

1

天空，是飞鸟的无限
大海，是游鱼的无限
宇宙间世事万物
是哲人的无限

2

帆船
借助风和水的力量走向远方
思想
凭借想象和探索的翅膀走向远方

3

我旅行
这是我心灵的阅读
我阅读

这是我精神的旅行
旅行和阅读都是我心灵的安顿
因为我知道，倘若
一个人的心灵没有安顿的地方
走到哪里都是一个流浪儿

4
我思考的时候
我的知识和经验在进行化学反应
我行动的时候
我的能力和智慧在寻求一种物理表达

5
太阳出来和落下的时候
都是无声的
由此，我想说——

对于伟大
不应该幻想时时听到它的声音

6
对于庞大的物体
我们不可幻想同时看到它的两面
它们在转动中自己的一半遮挡着另一半
譬如地球
譬如月亮

7
风对云说——
“如果没有风的助力
就不会有白云的浪漫和潇洒”
白云对风说——
“如果没有白云的浮游

风何谈在高空的存在感”
广阔无垠的蓝天默默无语

8
冬日的清晨，我
迎着小雪外出散步
任由雪花亲吻我的额角和脸颊
回到家里，我揽镜自照
发现那冰凉的雪花
染出了我额头的几缕白发

9
梦中，我问天，问地——
我一颗诚心，且已付出洪荒之力
为什么总不能到达目的地
是否，是否眼前的路欺骗了我

天在说，地在说——
不是路欺骗了你
而是你走错了路

10
江河之所以成为江河
在梦中，感谢堤岸的规整
因为，正是两岸的限制
成就了江河的方向和奔放的个性

11
夕阳下
秋风里
我漫步在林荫道上
信手拣起一片随风飘落的黄叶
细细看来

这树叶的一面是哲学
树叶的另一面是诗

12
雨中
没有打伞的有两种人
一种人，没有带伞
一种人，是在寻求一种意境

13
在青藏高原的藏房中
一位女记者对藏族老阿妈说——
真可怜，让您一生生活在这里
老阿妈却说——
可怜呀姑娘，让你一生到处奔波

14

油画
退后几步看，更美
山水
从远处看，更幽
人生
从局外看，才可以看透
历史
让后人评价，才得公平

15

梦中，我听到地与天的问答——
“为什么总说天在上，地在下”
“那是地球人方位的错觉”
“什么方位”
“如果从另一个星球上去看地球

就是天在下，地在上”
“哦，我还是不懂”
“比如一个煮熟的鸡蛋，想想看……”

16
梦中，我听到风雨的问答——
“风啊，你为什么那么不公平，以至于不近人情”
“你指什么”
“夏天热却吹热风，冬天冷却吹冷风”
“因果一体”

17
梦中，我听到一个人与影子的对话——
“影子，是否我让你跟随我的左右”
“当然，当然”
“那你为什么丑化我”

“岂敢，岂敢”
“那同样是我，为什么让人指指划划说长道短”
影子不语
“我一表人才，为什么有时会变得有粗有细”
影子低声回答——
“那是因为你站在光源的不同方位和距离”

18
梦中，我听到生命与纸币的对话——
“同样是一张不大的纸
为什么会有不同的价值”
“一张纸本身并没有多大价值
是生命的付出
为其加印了价值不等的印记”

19
晨雾对大地说——
“世界是属于我的”
地平线下冉冉升起的太阳沉默不语

20
秋雨后，夜幕里
我漫步于绿荫小道上
听到身边有萤火虫跟星星的对话——
“天上的星星同萤火虫没什么不同
为什么地球人总是歌颂星星”
“你萤火虫经受过寒冬吗
终生的郁闷与抱怨
足以让你们过早地死去”

21
天上飘逸的白云没有忘记
白云本身并没有光彩
是太阳为它涂上了金光
于是，才有灿烂的朝霞
才有绚丽的晚霞送别夕阳

22
蓝天是白云的故乡
大海是浪花的故乡
我是一名浪迹天涯的游子
我的故乡永远在路上

23
一位巨人的光芒
总是被另一位巨人的光芒所覆盖

如果想用黑暗去毁灭光芒
只能使光芒更加明亮

24
我漫步在热带雨林
见许多老树的周身布满苔藓
而年轻的小树却没有
于是我想到人生
感受到成长的力量和暮年的庄重

25
梦中，一位老者对我说——
如果你不能说出真理和经典
至少应该说出真话和经验
（虽然，我知道
许多时候让人讲真话也难）

如果你做不到高尚
至少你应当做到善良
（虽然，我知道
许多人的善良曾经被误解甚至亵渎）

26
世界上最远的距离
不是南极与北极
不是地球与星空
而是人心与人心的距离
天天见面
却是隔山隔水

27
清晨
太阳出来的时候

月亮尚未从天空退去
我看见
它们相互表达着敬意

28

风对雨说——
“一个整天
你为什么嘀嘀嗒嗒下个不停”
雨回答说——
“大地是我的母亲
我向母亲询问回家的路”
“你有多久没有回家看望母亲”
“时间已久，我已经忘记回家的路”

29

一位哲人曾言——

如果人是兽时
人会比兽还坏
然而，我想说——
如果兽是人时
世界会变得直接而简单
因为兽们为了达到自己的目的
总是亲自动手

30
原本世界并不复杂
是人复杂
原本人并不复杂
是人心复杂
原本人心并不复杂
是人的贪婪和邪念使人心变得复杂

31

面对勇敢者的失败
我想起一只曾经见过的母羊
为了保护一只吃奶的小羊
母羊与恶狼进行一场殊死搏斗
最终，为了让狼放过小羊
宁可让狼咬伤自己，甚至舍弃性命
它没有泪水，只有淋漓的汗水……
由此，我想说“虽败犹荣”
在这里得到最好的诠释

32

我不会弹吉他
然而，我喜欢吉他的旋律和节拍
这一音乐，舒缓而自由
一如我的思想，生活

和自由散淡的诗行

33
孩子小的时候
心中的快乐是自由地在小河中击水
爸妈是自己熟悉的彼岸
孩子长大之后
心中的快乐是到大海中搏击
爸妈目送自己开始一个新的生活

34
炎热的夏日
牵牛花拼命地往上爬
依仗着篱笆墙和墙边那株白杨
极力张扬着自己的青春与艳丽
然而，正当它爬上高处左顾右盼时

一场白霜覆盖了它短暂的辉煌
半空中几缕灰暗枯萎的愁绪
在寒风中无奈地摇曳

35
在海边
每个人都能找到属于自己的世界
孩子的世界是身边的沙滩和贝壳
青年人的世界是在碧波中弄潮击浪
而我，已近人生暮年
我只是安静地观海听涛
遐想未知的远方
还有人生的彼岸……

36
你曾经跌倒的地方

留下的不只是伤痛
更有心中萌发出的醒悟和动能
你经受过的苦难是一盏灯
为你照亮前行的路

37

人是唯一会说话的动物
然而，正是这种便利和自由
世界上增添了许多麻烦和痛苦

38

即将搬家时
我居住的房间被腾空的那一刻
我发现，原以为拥挤的房间并不算小
只是无用的东西太多
由此我想

我的思想，我的生活也是我居住的房间

39
乡下人家中的墙上
挂的风景画是城市的楼房
城里人房间的墙上
挂的风景画是乡村的风光

40
为了躲避人群
鸟儿把爱巢筑在高高的树上
隐蔽于绿叶深处
生儿育女，图个清静

为了能够接近人群
鸟儿又离不开闹市与村镇

不仅便于觅食
也少些寂寞，多些温情
鸟如人，人似鸟

41
有一种你身边的爱
常因你的熟悉而习惯
又因你的习惯而被忽略
一如你门前的那棵看惯的树
窗台前那株看惯的花

42
有的人登上巅峰
是为了让整个世界看到自己
而我，登上巅峰
是为了让自己能够看到整个世界

若有所思

天地悠悠
人生渺渺
过客如蚁知多少
梦中才争输与赢
醒来方知人已老

春去秋来
风雨飘摇
无可奈何花落了
陈年往事化为烟
阴晴圆月四时好

留言北戴河

在北戴河的浪涛声中，我写下了如下的诗行。只为大海的壮阔、博大和深邃，以及它的开放与包容，无不让我感动。

一

清晨。我听见
从大海深处升起的太阳在说
阅读吧
这大海的无际和激情的涌动

二

面向大海，我听那永不停歇的浪涛声
时而，宛如是一位垂垂老者
以沉稳低沉之声述说这里的历史沧桑
时而，宛如一位朝气蓬勃的年轻人
迫不及待地展示自己的青春与梦想

三

阳光下，银光闪烁的波浪
几乎晃晕了我的眼睛
于是，我背过身去
因为我知道，那只是大海的表层

四

大海，毕竟是大海
狂风，曾经
无数次地把大海撕成碎片
大海，依然是大海

五

能够包容众人的

是大船
能够包容大船的
是大海
能够包容大海的
是黑夜
能够包容黑夜与白昼的
是人——
伟人与平凡人

六

我问海浪——
为什么一浪又一浪地涌上滩头
海浪说——
那是我一遍又一遍地亲吻大地母亲
抚慰她的伤痛

七

曾经，我整理好自己的衣冠
要以大海为镜，照清自己的身影
结果什么也看不清
由此我想，不可指望
从情绪浮躁的对方眼神里看清自己

八

海岸线上空白的地方
那是大海的沉默
沉默，也是一种表达

九

弯弯的海岸是有情感的
向着大海的一面，是挽留的姿势
向着陆地的一面，是一种警示和拒绝

十

我听到，浪涛击岸的节奏声在说——
来吧，让我们同唱一首
人与自然和谐共生的歌
可惜，许多人却没有听懂
抑或，假装听不懂

十一

海花，是大海的笑语
它笑人类的伟大与聪明
也笑人类急功近利的愚昧
但傲慢的人类时常视而不见

十二

这边，北戴河
那边，南戴河

海水连通着海水
海滩连通着海滩
人的感觉，却不是原来的那一个

十三

连续几日，我
每天傍晚，目送太阳在大海中落下
每天清晨，迎接太阳在大海中升起
终于，我懂得了
我们头顶的太阳
为什么每天都如此清新而亮丽

十四

北戴河海岸边有尊礁石形似一只卧虎
人称“老虎石”
岁岁年年，冬夏春秋

“老虎石”沉了又浮，浮了又沉
其实，老虎石卧而未动
改变着它命运沉浮的
是大海的潮汐和人的错觉

十五

在海水浴场上，我
不留神喝了一口海水
又苦，又咸，又涩
让我不禁想起我的父辈
在农田劳作时满身满脸的汗水
我尝过那汗水的味道
也是又苦，又咸，又涩

十六

很久以来，我一直想问

岸边的垂钓者
为什么总把自己弯成一个“问号”
面对大海，我才明白
要获取，就
应该有一个谦恭的姿势

十七

我虔诚地侧卧在海滩上
倾听那大海的呼吸与涌动
以及，对我亲切的叮咛

十八

夕阳西下时，我
赤着双脚，行走在湿润的沙滩上
身后两行脚印立体而清晰
我为自己在大地上留下的痕迹而激动

尔后，看着风景，听着涛声
我只顾一路走去
蓦然回首间，却发现
那不远处的脚印已消失得无影无踪
哦，哦哦，我想说
世事如海，人生如履

写给明池古树

北京玉泉雕塑公园里有一处景点，名曰“明池古树”。汪汪一池静水半拥着一方小岛，岛中几株古树枝节苍劲，虽死犹生。

莫非，你是一尊历史的碑记
但却没有年代
我无法知道你何时出生，何时老去
但我知道
挺拔，是你唯一的姿势

每次，看到你高仰着的头颅
我想，你一定是在讲述
一年又一年世事风云的变幻
每次，看到你倔强的枝干
我想，那该是你与邪恶争斗时不屈的定格
每次，看到你那粗壮的身躯

我想，那该是你吸纳天地之灵气
百年修炼的禅体

我一遍遍地读你，念你
让我终于明白
活着，要活得堂堂正正
死去，要死成一道风景

致自己兼致一位年轻亲友

即便是
在漫长的黑夜里
这世界上也应该有光的
如果没有
你心里应该有

即便是
在浩瀚的沙漠里
这世界上也应该有绿意的
如果没有
你心里应该有

即便是
在寒气逼人的严冬里
这世界上也应该有温暖的
如果没有
你心里应该有

写在成都宽窄巷子

宽宽窄窄一条街
曲曲折折一条巷
春夏秋冬
人来人往
男男女女手中一把伞
雨天挡雨
晴天遮阳

宽宽窄窄一条街
曲曲折折一条巷
窄不显挤
宽不觉旷
大小店主各领风骚
七彩人生
无限风光

走在宽窄巷
想起人生路
宽宽窄窄
曲曲折折
无非顺境逆境，得意失意
常说人在江湖不由己
其实脚下的路铺在各自心底
顺境 ，当记收敛
逆境，当记隐忍
得意，当记看淡
失意，当记随缘

天下没有走不通的路
只有想不通的人
心宽，路才宽
身边，草木青青

空中，风轻云淡

自己的路自己走
脚下的路，无所谓窄窄宽宽
目标就在前方
心近，路不会太远

我是一个在雨夜中行进的孩子

我是一个
在雨夜中行进的孩子
一路上
有诱惑的五彩灯光
更多的是荆棘和泥泞
我曾经自信
也曾经迷茫
出发时母亲的祝愿
是我心中永远的指路明灯
随时随地，我听母亲在说——
夜再长，总有天亮的时候
风雨后，天空就会出太阳

人生，无处不是风景

人的一生
要走过很长的路
曾经的过往
无处不是风景

春日的暖风
夏日的葱荣
秋夜的明月
寒冬的冰雪
铺绘出人生过往的七彩背景

饥饿，让人懂得珍惜
磨难，让人懂得顽强
攀登，让人学会坚韧
失败，让人有了几分沧桑
或许，你少走了一段弯路
正是错过了不该错过的风景

人生如旅，你我都是过客

人的一生，多像一次旅行
列车从未知的远方驶来
又驶向另一个未知的远方
你我乘坐的同一列火车
多像一个陌生却温暖的大家庭

一路上
多少个相遇
多少个分别
到站离站，人上人下
每个人都是过客

穿过风雨雷电
跨越江河，山冈，荒漠
记不清多少次
一起翘首看窗外日出日落

虽是匆匆而来
又要匆匆离去
相识相聚是一种缘分
总有说不完的话题
分手时，常有热泪相伴
揽窗外一片象征友谊的白云相送

其实，人生莫不是如此
原本，大家并不相识
是家庭、事业、喜好与缘分让你我走到了一起
曾经一起流汗，流泪
曾经有过误解和争执
然而，大家共同乘坐的列车没有停息

把曾经的误解交给风吧

把曾经的抱怨交给雨吧
只留下温馨的记忆在梦里
因为，在时代的长途列车上
我们都是过客

酒，人生的标点

酒于人生
多像文章的标点
人生无酒
宛如白开水一碗平平淡淡
文章没有标点
作者胸中气韵难见

为文，标点不可乱点
逗，句，顿，叹
皆有作者文思不可或缺的内涵
饮酒，起杯落杯
情感气度写在饮者眉宇间

酒水，养人亦伤人
标点，美文亦毁文
人生是篇长文章

为文，不可无标点
作者喜怒哀乐，心胸格局
身后自会有人评判

我不知道

我不知道
是吃饱的老虎可怕
还是饥饿的老虎可怕

我不知道
是刚刚睡醒的老虎可怕
还是困顿思睡的老虎可怕

我不知道
是久居山林不出山门的老虎可怕
还是放虎归山重归山林的老虎可怕

我不知道
是不同山头的老虎相互争斗可怕
还是同一个山头的老虎相互争斗可怕

我更不知道
倘若猛虎与雄狮相斗
哪个更可怕

然而，我却知道
狐狸与狼出行常是成群结队
而猛虎与雄狮下山却是独来独往

缰绳硬生生穿过牛的鼻孔

小时候
我对家中的那头黄牛很佩服
它的力量真是大
装满粮草的大车像小山一样高
它可以一口气拉回村里
然而，我又常常怜悯它
从村头到地头并不远的路程
让它默不作声地走了整整一生

后来，在南方水乡
我认识了水牛
它粗壮的身体像一座小山
整日跋涉在泥泞的山野和田间
夕阳西下时
水牛驮着牧童过河回家
是它打着喷嚏张扬内心快乐的时刻

再后来
我见到了奶牛
它们常常被圈在栅栏里
大口大口地吞食着青草或干草
然后
习惯地为主人奉献着鲜白的乳汁

再后来
我在教科书上看到牛有四个胃囊
能够一次吃下很多草料
尔后，再进行反刍
似乎，这正像是大力士应有的特质
可以有更多的时间干更多的活

对于人类而言

牛是当之无愧的力士跟功臣
然而，让我看到的
却是一条不长的缰绳主宰着牛的命运
那缰绳硬生生穿过牛的鼻孔
被牵在人的手中

想到此处，我的心有些酸楚和朦胧
有时候，人也像一头牛
鼻孔里被拖着一条看不见的缰绳

海水与泪水

海水是咸的
泪水也是咸的

海水咸
是因为海水里含有盐分
泪水咸
是因为泪水中有泪人的苦涩

海水的温度
传递地球南北炎凉
泪水的温度
表达人性情感深浅

汪洋大海
映照日月星辰
泪水几滴

释放半生苦辣酸甜

只可惜
海水没有假的
泪水却真假难辨
试看古今几多悲剧喜剧
只几滴泪水
常常把历史的轨迹改变

自由与枷锁

为了在人前
能够像别人一样站立着
他在人后
像罪人一样跪拜着

为了在脸上
能够像别人一样微笑着
他在梦中
多少次以被掩面哭泣着

为了必要时
能够像别人一样地清醒着
不必要时
他傻瓜一样的混沌着

为了有一天

能够像别人一样地死去
他大半生
像鬼一样不明不白地活着

于是，我
想起法国哲人卢梭说过的话——
人是生而要自由的
但却无处不在枷锁中

楼长高了

不经意间
在我居住的这个城市
一栋栋高楼从我身边拔地而起
像启蒙中的孩童搭积木一般
曾经辽阔的天空
被切割成许多不规则的碎片
像剪缝师傅用碎布做成的布艺

寒冷的冬日
亲爱的阳光在高楼的缝隙里时隐时现
像俏皮的顽童与大人玩捉迷藏游戏
我想约几位经年的老友找一处向阳的墙根
一边晒太阳，一边聊天
比电梯停运时步行上楼还难

我行走在水泥丛林间的小道上
似乎是在梦乡中一般
楼长高了，人变矮了

到北京雕塑公园，去看『和平老人』

石雕，读不懂的
它是一块被人加工过的石头
坚硬，怪异，冰冷
读得懂的
他是一个有思想的生命
由此，我想说
一尊雕塑，就是一首无言的诗
几分哲理
几分朦胧

北京有一处国际雕塑公园
雕塑公园里有一位“和平老人”
“和平老人”由汉白玉雕塑而成
那双目光深邃的眼睛永远凝视着远方
模糊而安静的面容中
让人看不出老人任何情绪的波动

老人端坐在两堵墙的连接处
半伸着两臂，双手无奈地分摊在两堵墙上
一堵墙由北向南
一堵墙由西向东
老人的嘴巴半张半闭
像是在自言自语，又像是在讲给他人听

曾经，我心中一时烦闷
走到“和平老人”面前
“和平老人”摊开双手，像对我说——
天下本无事，庸人自扰之
换个角度看世界，登山不只一条路
曾经，我一时得意忘形
走到“和平老人”面前
“和平老人”摊开双手，像对我说——
知人者智，自知者明

曾经，我看到一位长者
带领一个团队在“和平老人”面前驻足良久
“和平老人”似乎在向他们传经布道
或是在讲述宇宙之大，人之渺小
或是在讲述人与自然万物本是一个完整的链条
此时，我听到有一个声音在说——
道，可道，非常道。名，可名，非常名
君子周而不比，和而不同

读石寄情

一

该怎样将你们归类呢
面对“丑石居”里，我的这些可爱的玩石

虽然，这里
没有色彩华丽的翡翠玛瑙
没有价值昂贵的钻石碧玉
而我，怎能忘记
这些玩石作为我心灵中温馨的陪伴
曾多少次带给我沉迷、思索和激动

如今，我知道
我的生命绝对抵不过这些玩石的生命
夕阳下，我
只愿留下几行笨拙的小诗

与眼前一枚枚熟悉的玩石寄情

我只凭着自己的兴趣和喜好
将一部分归于图案石
一如日月天象，山水风光
将另一部分归于象形石
一如鸡鸭猫狗，瓜果梨桃
还有一些归于“其他”
一如来自北疆戈壁的“沙漠玫瑰”
一如来自长江黄河沿途的各类水冲石
一如来自东岳泰山脚下的泰山石……

一枚玩石，一段故事
一枚玩石，一个生命
愿一枚枚玩石
能陪伴我走过暮年的长梦

二

或许，只有我才能读懂你们
面前，这一枚枚图案各异的鹅卵石
虽然，岁月的长河
已抹去了你们原有的棱角
但心胸中不屈的精神永存

只有我能够理解
你们花了一生的思索、沉默和心血
只写了一首诗
这首诗只有一句话
这句话只有一个字——
忍

三

每一方石头都有自己的梦

在热带雨林里，我看到
一方石头在一身绿苔下睡得正香
流淌的水声
林中的鸟鸣
都唤她不醒

四

在闹市的一个街区，我看到
一尊纹理石静静地立在路边
周身落满了车来人往留下的喧嚣尘土
她好像在向我乞求，对我诉说——
我多么盼望一场淋漓的秋雨之后
有人能读懂我生命的纹理
以及我长年的寂寞与孤独

五

大山深处
一尊沉睡万年的巨石
看上去斑驳而丑陋
因为要在这里开山修路
巨石被炸开时，我发现
她心灵深处，惊人的清白而干净

我是一束浪花，我感恩

我是大海中的一束浪花
面对这个世界上的一切，我感恩不尽

我感恩大海的浩瀚无垠
我感恩大海的深邃与沉稳
我感恩大海给予我永恒的生命
感恩浪涛带我走遍世界南北西东

是的，浪花有耀眼的雪白与浪漫
我知道，那是
太阳赐予它的光彩与灵动

曾经，我也有过自己的困顿和劳累
是海滩一次次敞开胸怀接纳我
给予我伟大母亲般的拥抱
让我一次次享受到母爱的无私与温情

我是大海中的一束浪花
面对这个世界上的一切，我感恩不尽

2020年的这个春天，从这里出发

2020 年的春天，有点冷
不知什么时候
“戴着花冠”的病毒如一只只无形的怪兽
将罪恶的魔爪伸进中国江城
瞬时间，潘多拉之盒被打开
凛冽的寒风中
新冠肺炎病魔于无声处肆虐蔓延
中国大江南北山山水水顿时绷起紧张的神经

然而，这个泱泱大国
多雪的初春里处处有春风暖意
如江水中的春潮浪涛滚滚而来
一方有难，八方支援
全国十四亿双温暖的目光关注着江城
一场没有硝烟的抗疫之战迅速拉开帷幕

来自全国各地的白衣天使星夜驰援
各地援助的抗疫物资如车水马龙
火神山、雷神山一所所急救医院方舱拔地而起
梦幻般的建筑速度让世界惊叹

一个千万人口的城市
一个水陆交通的要塞之地
从“封城”到“解封”
六十七个日日夜夜
打赢了一场前所未有的“人民战争”
华夏神州的这个春天从这里出发
世界的目光一起投向这个英雄的江城
春光明媚四月天
八方来客又来东湖岸边看樱花

然而，2020 年的春天

注定是人类历史上一个阴冷而漫长的季节
穷凶极恶的冠魔在中国被控制之后
又在世界多地快速蔓延
小小寰球，人生如蚁
突如其来的病毒是恶魔
也是不请自来的严厉的教官
史无前例的疫情是一场灾难
更是对人类生存方式一次“伟大的纠偏”
让地球上脚步匆匆的行路人停下脚步
进行痛苦的思考和改变——
诸如人类在大自然中的位置与局限
诸如人类生存的欲望与观念
诸如疫情面前应有的理智与规范……

辑二

小时候，我
在外读书时常很晚回家
不论刮风下雨
不分春夏秋冬
每当我推开家门
屋里总是亮着两盏灯
一盏，是母亲缝补衣服用的煤油灯
一盏，是母亲等候儿子平安归来的心

——摘自《母亲》

我的乡音

我的乡音
是从我家乡泥土里长出来的
都说黄河是母亲河
我的故乡在中原大地黄河岸边
我的乡音里分明饱含着母亲的音韵

我的乡音
是从黄河水的泥沙里捞出来的
都说一碗黄河水半碗沙
从黄河岸边走出来的人
话语中总带有那片黄土地的泥土味

我的乡音
是我人生中性情的陪伴
从黄河岸边那片黄土地走出来的人
无论走出多么远

那声调里，那音韵中
听得出黄河的壮阔与豪放
听得出黄河水的任性与深沉

我丢不下我的乡音
是因为乡音里有我温暖的记忆
有小时候奶奶教我的儿歌
有月光下玩伴们捉迷藏的快意
有家庙祠堂里永续的香火味
有农闲时村头锣鼓声中开场的大戏

不知什么时候开始
我的故乡许多人喜欢走出家门四处闯荡
无论天南地北或是异国他乡
几句不改的乡音
几句土得掉渣的方言土语

成为相互认同的“验证码”
几句话就拉近了情感的距离
说不完的乡愁
聊不尽的黄河故事
道不尽的黄沙黄土地

一缕乡愁，一幅温馨的画面

儿时的许多记忆
几分朦胧，几分清晰
几多久远的场景
温馨的画面却常出现在脑海里

那是一年的秋天
一个刚上学的学童
爬上高墙偷摘邻家的红枣吃
正被刚进家的父亲发现
冷不防，孩子挨了一个大巴掌
一时不知道是该认错，还是逃离
母亲背过脸去，没说一句话
只是悄悄地扯着袖口擦眼泪

好心的邻居听到哭声
跑过来一边哄孩子

一边往孩子衣袋里一把把塞着红枣
嘴里念叨着：都是怕你摔着

孩童一脸的羞愧，不知道该说什么好
手里捧着到手的“果实”跑出很远
把手中的红枣分给伙伴吃
眼里含着泪花
脸上却是掩饰不住的得意

一棵古树，一道独立的风景

村头那株高高挺立的大树
你真的老了
老得记不清自己的年龄
老成一座有生命的路标
老成一棵树就是一道独立的风景

一生辛劳
累弯了你的腰身
无怨无悔
是你脸上永远的笑容
春夏，你任孩童采摘稀疏的绿叶
秋来，有人要采摘你仅有的果实
你总是躬身相送

冬天
阵阵寒风是你梳理长发的长梳

大雪纷飞的日子
你借雪花银絮装点自己的笑容
最是每日黄昏时
一轮夕阳雕塑出好一尊老态龙钟的造型
一株古树
一缕乡愁
装点多少人的梦境

我的童年，太阳和月亮是时间的指针

我童年的故乡，没有钟表
太阳和月亮就是时间的指针

农忙时节，男人起床的时间
是梦中醒来看见窗口开始发亮的时间
是出门能看清大路小路和地里庄稼的时间
不洗脸，也不吃饭
扛着锄头揉着眼睛就往地里走
走进地头，东方的太阳正露出地面
女人，以男人的时间为时间
男人起床下地干活了
女人天生就知道应该做什么
打开鸡窝，清扫庭院
接着，开始做饭

那时候，各家都没有钟表

但是，这一家和那一家的时间
村东头与村西头的时间
地里和家里的时间，大家都心里有数
地里男人们回家吃饭的时间
正是家里女人掀锅盛饭的时间

农忙的日子里
比如犁地，播种，收割
男人拿起工具出门的时间
也是女人、孩子找到工具的时间
正午时分红日当头，人影变短的时间
肚子饿了，地里的活还没做完
女人便会带着女孩子回家做饭
男人会带着男孩子继续接着干
估计家里饭没做好
男人就带着儿子到地头树荫下偷会儿懒

玩玩游戏逗着玩

忙了一天
太阳落山，月挂树梢的时间
是乡亲们开始吃晚饭的时间
大家虽然很饿
却不狼吞虎咽
常是一边吃饭一边交谈
谈地里的庄稼
谈村里的趣闻
安排第二天的活路和时间

后来，我上了村里的小学
学校里有钟表
依照钟表上的时间，有人打铃上课下课
每天放学，我回到家里

都正赶上家里掀锅盛饭
我问奶奶是否照着学校的钟点做的饭
奶奶说，你们学校打铃
也是跟着天上的太阳月亮走
太阳月亮就是钟点

走不出的故乡记忆

小时候，我曾一心想走出自己故乡
甚至，走得越远越好
中年之后，身在异乡的我却发现
我可以走出故乡的那片土地
却走不出对于故乡的记忆

最是那工作闲暇的时光
最是那劳累与病痛让我躺在病榻上日子里
故乡的风土人情
如一幕幕黑白电影画面遥远而清晰——
一马平川的黄土地
曲曲弯弯高低不平的黄土路
把散落的村庄连成一盘没有下完的棋
最难忘
村外树荫下石板发亮的古井
村头的寨墙边，几棵歪脖子老树

树头，曾经热闹的戏园戏楼
街边，树桩旁昂首反刍的卧牛
几家门口的顽童和摇着尾巴的黄狗……

岁月无情，弹指一挥
如今，我的故乡同我一起老去
返回故里时，不忍看
当年我玩耍的那片水坑里的芦苇
在无奈的秋风中相互抚慰
不见了，我熟悉的一座座老屋
不见了，胡同里的石碾，石磨
儿时曾经抱我逗我的长辈先后离去
儿时的几多同辈玩伴，对面相逢难相识

如梦方醒，我向谁问
昔日乡村的手艺人今安在

一如木匠、石匠、泥瓦匠
昔日的农具、家什今安在
一如翻地的土犁，播种的木楼
一如烧火的风厢，手编的锅盖……

夕阳西下时，街道胡同的村人多了起来
我又见，几家房顶上的袅袅炊烟
我又听到，有人正喊贪玩的孩子回家吃饭
我想说，我想喊，童年的梦境哟你没有走远

收获的仪式

在我出生的那个村庄
不知从什么时候开始
家家户户的院子里
喜欢在房前屋后栽几棵柿子树
村人对我说——
柿子树，栽双不栽单
庄稼人过日子求得就是一个事事平安

庄户人家喜欢养孩子
院子里养几棵柿子树
只当是养了几个省心的孩子
靠着阳光以及脚下的肥力和水汽
不需要怎么样精心照料
一棵棵小树不几年便长成一棵棵大树

每年，第一缕春风吹来
柿树枝头上一颗颗嫩芽便向家人含笑示意
炎炎夏日里，像忙碌的庄稼人一样

静悄悄地在绿叶间开花坐果

深秋时节
庄稼人忙完了地里的农活
蓦然回首
橙黄的柿子正挂满枝头
黄里透红的柿叶悄悄飘落的时节
胖嘟嘟的柿皮上
正蒙上一层薄薄的白霜

主人正式采摘柿子的那一天
不大的院落透出一种喜庆的仪式感
和暖的阳光下
全家人高高兴兴地围拢在一起
只见那柿子树恭恭敬敬地躬下腰身
等主人检阅自己的虔诚
男主人伸直腰板，或是登上梯凳
将手臂高高地举过头顶
小心翼翼地将一枚枚柿子摘在手中

又面带微笑将柿子递给身边的家人
一次次地站立
一次次地躬身
那是在向辛劳一年的柿树致敬……

此时，只见女主人净了手
端来过节时才用的三个大瓷盘
从柿筐里挑了些熟透的大个红柿子
分摆在三个瓷盘里
恭恭敬敬地摆到堂屋正房的供案上
供案上方的正中位置
是人民共和国开国领袖毛泽东
伟人像的两侧，一侧是本家的祖宗
另一侧，是保佑平安的红脸长须关公
女主人转身，看到肃立在身后的儿女
她正有话要说给孩子听——
咱们庄稼人呀，每个人都好比是一棵柿子树
有了好收成，不能忘记阳光雨露

中秋怀乡

月中秋
人中秋
每逢中秋添乡愁
儿时月下嬉戏成追忆
如今几时有

江水流
河水流
我乃江河一扁舟
滚滚江河逝水东海不复返
难念是亲友

情依依
人悠悠
往事堪比绿叶稠
半生悲欢如月圆缺任它去
梦中海棠依旧

游子吟

一棵树
不论长到多高
脚下的那片土地
依然是她无私的母亲

一个人
不论走出多远
回到故乡
依然是一个贪玩的孩童

一个学子
莫论他后来的职位与成就
站在恩师面前
依然是一个或乖或淘的学生

一个军人

不论脱下军装多长时间
梦回军营
依然是一位昨日的士兵

最是不堪回首
风雨飘零闯荡半生的游子
白首还乡时
找不到回家的路

回家

岁月如流，几多秋冬春夏
我一次又一次归来
我一次又一次出发
渐渐地，我终于懂得
每一次出发都是另一种形式的“回家”

每次出发之后，我觉得
我的肉身离家越远
我的心灵却又离家越近
梦中的场景
依旧是村里那熟悉的街道胡同
梦中的人情
依旧是喊着我乳名的父老乡亲

每次走出家门
不论走进城市或是偏僻的山村

不论是长期居住或是短暂停留
天南地北不同的文化习俗
只是让我增添了一个新的视角
重新审视故乡的乡情风韵
最是秋高明月夜
更觉得月是故乡圆，亲是故乡情

岁月如流，几多秋冬春夏
我一次又一次归来
我一次又一次出发
自己出发的地方是游子的家
家就在那里
赶也赶不走，忘也忘不下
每一次出发都是另一种形式的“回家”

村口的白杨，还记得我吗

村口这株高高的白杨树啊
还是当年的风姿
你还记得我吗
我是曾在
你的枝头上筑巢嬉戏的那只小鸟哇

你可曾记得
在明媚的春光里，是你
让我用清脆的歌声唤醒路边的小草披上绿装
你可曾记得
在酷热的夏季，我陪伴你
摇动一片绿荫给过往的村人送去丝丝凉意
你可曾记得
在金黄的秋色里
你我一起倾听村人喜庆丰收的欢歌笑语
你可曾记得

在雪花飞舞的冬日
你我一起静观坑边的芦苇在寒风中摇曳

白杨哟，我梦中永远的白杨
不知你是否原谅我
原谅我长大后的不辞而别，离你而去
然而，我现在想对你说
你曾经怀抱中的那只小鸟
没有远走，没有高飞
岁月悠悠，春心依旧
你的伟岸，你的春夏秋冬
永远摇曳在
摇曳在我的梦境里……

母亲

小时候，我
在外读书常常很晚回家
不论刮风下雨
不分春夏秋冬
每当我推开家门
屋里总是亮着两盏灯
一盏，是母亲缝补衣服用的煤油灯
一盏，是母亲等候儿子平安归来的心

后来我参军入伍，四海为家
我便成为母亲心中的两个儿子
一个儿子，在远方的军营
一个儿子，在她长夜的梦境
最难忘，每次休假归队时
母亲总会走出家门目送我远行
泪往肚里流，脸上是笑容

再后来，我有了孩子
母亲便有了两个家
一个家是她离不开忙不完的孙女
大的要上学，小的正淘气
另一个家是她放不下的乡下老院
院里有娃娃，地里有庄稼
还有跟在她身后的鸡和鸭

再后来，母亲渐渐老去
无疾而终，去了另一个世界
宛如一枚秋叶飘落在那片她熟悉的土地
从那天起，我就有了两个母亲
一个母亲在天堂
一个母亲活在我心里

清明纪梦

2016 年 4 月 3 日，是家母谢世后的第一个清明节，晨起命笔急就。

杨柳依依
春草青青
眼前一片薄雾
罩着一座年轻的坟茔
阴阳隔阻
长路漫漫
问候慈母天国可安宁

灰蝶几只
翻飞香火中
光比春花灿
身比落叶轻
子跪坟前与母灵魂对白

谁人懂
含泪起身
送蝶飞去
直达云天苍穹

我梦中，流淌着一条小河

我的梦中，流淌着一条小河
那是故乡村边的那条小河
小河的水，总是不急不缓地流淌着
一路荡起波纹，唱着欢快的歌

每年，当紫燕携来第一缕春风
河堤上，杨柳树摇曳的枝条不再那么僵硬
玩伴们折一段柳枝，去芯留皮做成小喇叭
比一比，看谁吹得调儿好听
榆树枝头，挂满一串串绿油油嫩生生的榆钱
我噌噌爬上树，不一会撸下小半篮
回家交母亲伴面上锅蒸熟，点上蒜汁香油
既是菜也是饭，全家吃得香喷喷

夏与秋漫长而酷热
小河的水似乎比春天涨了许多

多少个清晨
我在河堤上放羊割草拾柴
多少个傍晚
我与玩伴在河中嬉水捉鱼
岸边的芦苇杂草丛中
时常隐藏着不愿让大人们知道的秘密

记忆中
儿时的冬季比现在冷得多
时常是寒风凛冽，冰天雪地
玩伴们个个穿着厚厚的棉裤棉袄
河边几处水坑低洼处
是玩伴们滑雪溜冰的好去处
玩陀螺，捉游戏
多少次摔倒
多少次站起
偷偷抓一把雪塞进玩伴脖领里……

闯关东归来的『黑瞎子』爷爷

一条东西向的长街
七八条南北向的胡同
儿时玩遍的大街小巷
高高低低纵横交错的砖墙土墙
故乡的记忆
永远是我脑海里儿时的模样

一年四季，一日三餐
男女老少总喜欢端着饭碗蹲在路边
一边吃饭，一边逗乐聊天
不知什么时候开始
一位闯关东归来的老人
成为村人们吃饭时聊天的热点

庄稼人守土为家很少出远门
听远方来人讲故事都是新闻

一位闯关东的来客讲人与黑熊斗智斗勇的故事
自然成为庄稼人百听不厌的趣闻
东北黑熊个头大眼睛小
许多人喜欢把东北黑熊叫“黑瞎子”
“黑瞎子”一举一动有几分可爱
蠢笨中隐藏着机灵和贪婪的性情
一段“黑瞎子”掰玉米棒的精彩故事
让讲故事的人被村人们称作“黑瞎子”

故事说的是，有年秋天中午时分
一只大“黑瞎子”蹑手蹑脚走进他家的玉米地
（说话时，他双腿微曲，屁股微蹲
手搭凉棚，眯起双眼四处观望一阵）
见四周无人，便半伸双臂
一个接一个地掰起玉米棒直往腋下藏……
讲故事时正是冬季，讲述者一身胖乎的黑色棉衣棉裤真是活灵活现的一只“黑瞎子”
顿时，人群里响起一片掌声和笑声
似乎从这天起，村里
大人小孩便亲切地称他为“黑瞎子”

其实，依照本族的家谱排辈
“黑瞎子”算得上一位本家的长辈人
于是，同辈人便称他为“黑瞎子”哥
晚辈人则叫他“黑瞎子”叔，“黑瞎子”爷
时间长了，大家约定成俗
他似乎并不在意
街头巷尾的人场上继续讲他的“黑瞎子”故事

“黑瞎子”爷爷为人和善
村上前街后街左邻右舍从没有跟人红过脸
外乡有推车挑担的小买卖人进得村来

他总喜欢向前问候几句
遇上突然刮风下雨
他会把人领回家里让烟让茶张罗吃饭

“黑瞎子”爷爷特别喜欢小孩子
有学生背着书包从他身边路过
他时常摸摸脑袋拍拍肩膀
叮嘱一声“乖孩子，好好听老师的话”
也有调皮的半大小子走到他面前
模仿“黑瞎子”掰玉米棒的动作逗他开心
他半轻半重地朝孩子屁股打上两巴掌
或是揪着孩子的耳朵
嘴里嚷嚷道：“臭小子，真有本事
拿来你一百分的考卷给爷爷看……”

时光如流，日月如梭

村头的老槐树的槐花谢了又开
几家老房子檐下的紫燕去了又来
当年的“黑瞎子”爷爷早已不在
当年听故事的顽童如今已是子孙满堂的爷爷
我熟悉的故乡
如今还是一条东西向的长街
南北向的胡同新添了几条
不少人家盖起了楼房，买了车
家里添置了专门用于吃饭的餐桌
但每当吃饭时，还是有人喜欢端着饭碗蹲在路边
一边吃饭，一边逗乐聊天
说起早年间那位闯关东的“黑瞎子”爷爷的故事
后人听来依然觉得新鲜

我喜欢孩童熟睡时的样子

谁能想到，就在刚才
还看见几个孩子在又说又笑
为一个新买的皮球相互疯抢呢
一定是玩得太累了
心有余力不足，抱着玩具进入了梦乡

我喜欢孩童熟睡时的样子
圆圆的小脸像碧空升起的一轮新月
唇边浮动着的浅浅笑容
宛如月亮旁边浮动的云

孩童白天的天真与俏皮虽然可爱
但过于直白和暴露
只有梦中莫名的微笑
让人猜不透
或许，是在梦中遇到了新的玩伴
或许，是在雨地踏水
让爸妈在后边跟着追赶……

孩童的快乐其实很简单

晨曦中，小路旁
一个三岁的女孩踮着脚尖
折下一节不大的树枝
然后把一片片树叶摘下来
又一片片揉碎
一会儿蹲下，一会儿坐地
将叶片小心翼翼地“种”在松软的泥土里
时间过去约半个小时
她一言不发，一丝不苟
做着自己的功课
我猜想在她的心目中
或许是种下一个甜蜜的美梦
美梦中，眼前是萌动的树苗
然后 长成一片绿荫……

致学龄中的女儿

走好自己脚下的路
不要去嫉妒别人
不要怕被别人嫉妒
那样既不值得，也活得太累

穿什么衣服
梳什么发型
听凭自己的随意
要知道，这个世界上
并没有太多的人关注你

不要总以为自己是一枚花朵啊
做路边一株不引人注意的小树吧
沐浴着和暖的阳光
成长在春风里

致走向工作岗位的侄女

假如你是一棵树
总是长在父母两棵大树的身边
永远也长不大
假如你是一个小鸟
总也离不开温暖的巢穴
永远也飞不高

前方的路很长，脚下不会都是平地
有鲜花和掌声，也会有泥泞和荆棘
或许有你想不到的疾风苦雨
最终都要靠你自己去面对
少些抱怨，不要气馁
坚信走出困境的那一天
你，就是另一个自己

为人处事，行稳才能致远

不要怕吃苦
不要怕吃亏
不是做给别人看
是人生路上必有的修炼课题
世事繁杂岂能尽遂人意
心灵中留一方净水净土终生陪伴你

这年春天，玉兰花开得有些晚

这年的春天
窗前的那株玉兰花开得有些晚
一场“非典型性肺炎”突然袭来
更有杨絮柳絮试图遮蔽人们的双眼

瞬时间，只见空中那杨絮柳絮漫天飞舞
忽上忽下，忽东忽西
几分神秘，几分得意
虚无缥缈，随心所欲

我伸手把一团飞絮抓在手中
发现这四处张扬的东西没有生命的内核
几乎没有重量
然而，这漫天飞舞的
杨絮柳絮却能迷失一些人的视线
甚至，搅乱一些人的思维

然而，太阳在上
一阵春风携带一场春雨拂过山河大地
那一团团杨絮柳絮虽不情愿只得悄然隐去
春风春雨里
窗前的玉兰花开得有些晚，却不失艳丽

博鳌听涛

夕阳之下
潮起潮落
我在博鳌岸边
看海，听涛

眼前，是
浪的世界，海的天地
一峰峰雪白的浪花向岸边袭来
金黄色的沙滩上相互簇拥的泡沫们
由多变少，然后隐退消失

又一峰更高的浪向我袭来
打湿了我的鞋袜和裤脚
我脱掉鞋袜，任凭
浪花裹着细沙一遍遍咬我笨拙的双脚
海水温暖而微咸

最让我入迷如醉的
是那永不息止的浪涛声
如数张素朴的古琴
同奏着那曲《十面埋伏》的音韵
时而连绵往复，低迴入云
时而铿锵有力，由远而近……

夕阳下，我转过身去
又仿佛听到黄河的咆哮
听到金沙江低沉的细语
听到故乡村边小河正浅唱低吟

夕阳下，看桥下流水来去

夕阳下，桥水边
秋风将我几缕白发吹乱
岁月中几多感念波涌
一如桥下流水来去，无声无眠

我感念，曾经的心路历程
难忘少年时代的困苦岁月
当时只以为是命运的折磨
事后才知道那是人生中必然要经历的磨炼
由此，我学会了独立与坚强
在泥泞的山路上奋力跋涉登攀

我感念，前行路上曾经的跌倒与莽撞
面对周围的旁观与冷漠
我学会寻一个无人的角落暗自疗伤
在他人面前依然保持平静的模样

我暗自定下决心
让自己成为一棵独立的树
根系伸向大地，任凭风雨冰霜

我感念，曾经一番好意却被他人误读
在阴霾和世俗的目光里
我选择了豁达与大度
不去抱怨，不去流泪
不再指望有人为自己遮风挡雨
只将心中的委曲化为前行中的动力

我感念，曾经走过一段曲折的路
围着一座座山峦，命运之神让我转了很久
我一头雾水，几度想要逃离
直到最后到达柳暗花明处
我方悟出，人生路上
许多弯路正是一条直路
在那里等着我的，正是我最初想要的风景

辑三

这不是一张普通的彩照
她拍摄于 1984 年北京天安门前的国庆大典
一支昨日铁道兵方阵
一支由今日筑路大军员工组成的方队
裤脚上带着铁路工地的尘土
怀揣着数十万筑路人的重托
眼含热泪，高擎着一面巨幅五星红旗
迈着军人的步伐接受祖国和人民的检阅
这是一个历史性的精彩定格
是铁道兵人向祖国母亲致敬的最后一个军礼

——摘自《最后一个军礼》

最后一个军礼

我的相册里有许多照片
其中一张是一位资深的摄影记者赠予我的佳作
彩照中的人物很多，其中虽然没有我
但它凝聚着我浓浓的情感与怀念

这不是一张普通的彩照
她拍摄于 1984 年北京天安门前的国庆大典
这一年的 1 月 1 日
铁道兵脱下军装归属国家铁路建制
从此踏上了与市场经济大海搏击的新征程
这一年的国庆
是新中国改革开放之后
第一次向世界人民展示军容国威的盛大庆典

昨日的铁道兵
祖国没有忘记这支为新中国建功立业的队伍

人民没有忘记这支志在四方艰苦奋斗的筑路大军
由原铁道兵所属院校和部队组成的国旗方队
被精心安排在此时此刻出场亮相
紧随于威武雄壮的人民解放军队列之后
行进在浩浩荡荡的群众游行队伍之前

新中国的历史未曾忘记
铁道兵曾经的官兵们未曾忘记
天安门前的华表和石狮未曾忘记
一九五九年的金秋
北京隆重举行新中国第一个十年的国庆大典时
作为中国人民解放军的一个兵种
铁道兵方阵那钢铁一般的阵容
以威武雄壮的步伐行进在三军部队受阅的行列中

经历过多年风雨洗礼

此年此日，此时此刻
一支昨日铁道兵的方阵
一支由今日筑路大军员工组成的方队
裤脚上带着铁路工地的尘土
怀揣着数十万筑路人的重托
眼含热泪，高擎着一面巨幅五星红旗
迈着军人的步伐接受祖国和人民的检阅
这是一个历史性的精彩定格
是铁道兵人向祖国母亲致敬的最后一个军礼

此时此刻
这是一路风尘的铁道兵人
在天安门广场上的最后一次合影留念
这是一支整装待发的筑路大军
以铿锵有力的步伐
向祖国母亲宣读发自内心的如铁誓言

时光如流
几度回首
谨以此作，作为一幅彩照的题诗
留下铁道兵人历史瞬间的情感记忆

走进铁道兵纪念馆

当我们走进铁道兵纪念馆
就走近了国家记忆中一个渐行渐远的兵种
走近了一支当代中国筑路劲旅的前世今生
在这里，我们将
有幸重温新中国铁路建设者的英雄史册
倾听一条又一条钢铁大动脉开通时的汽笛长鸣……

中国人民解放军铁道兵
一个从我国解放战争硝烟炮火中走来的兵种
一九四八年，辽沈战役决战前的重要时刻
英勇的铁道兵在炮火中的哈尔滨应运而生
抢修抢运，星夜兼程
能攻善守，运兵运粮
为打赢辽沈战役立下后勤保障第一功
迎着全国解放战争的硝烟炮火
大军打到哪里

他们就把铁路修到哪里……
在展厅中
模拟再现的当年陇海铁路八号桥场景
被敌军飞机炸毁的光秃秃的桥墩上
我仿佛看到了登高英雄杨连第机智勇敢的身影……

新中国的五星红旗在天安门前刚刚升起
美帝国主义在我国家门口的朝鲜半岛燃起战火
英雄的铁道兵随中国人民志愿军一起
雄赳赳，气昂昂
跨过鸭绿江，开赴朝鲜战场
在敌人疯狂的炮火轰炸下，创造了
打不烂炸不断的钢铁运输线的奇迹
异国他乡的山山水水留下了铁道兵的永久记忆
展厅中，那颗

锈迹斑驳的定时炸弹[1]令我驻足良久
面对美帝国主义罪恶的铁证
我再次想起铁道兵排弹英雄李云龙
是他冒着生命危险，勇敢机智
破解了定时炸弹的奥秘
拆除了数百枚定时炸弹嘣嘣乱跳的时针……

在新中国和平建设艰苦创业年代里
铁道兵作为祖国铁路建设的一支突击队
逐步壮大，由弱到强
哪里需要哪里去
哪里艰苦哪安家

1 锈迹斑驳的定时炸弹：系朝鲜战场遗存物件，十分难得，原存于铁道兵工程学院（现为石家庄铁道大学）军史陈列馆。铁道兵纪念馆征集文物时，由大学捐赠收藏于铁道兵纪念馆。

艰苦奋斗，志在四方
逢山凿路，遇水架桥
踏平坎坷成大道
一路风雨兼程
翻开新中国铁路大发展的辉煌史册
一条又一条的铁路线上留下铁道兵人的身影
抢修黎湛、鹰厦、津浦、包兰
抢建贵昆、成昆、襄渝、嫩林
鏖战青藏、南疆、通霍、京原……
五十二条铁路干支线，绵延一万二千余公里
遍布祖国边陲海疆，高原僻壤，高山峻岭
处处环境艰苦，工程艰巨，时间紧迫
三十五个春秋冬夏
英勇的铁道兵挥洒热血，奉献忠诚
祖国万水千山
哪条铁路线上没有留下铁道兵战士的坟茔……

在灯光闪烁的成昆铁路巨型沙盘前
我找到了我所在部队曾经鏖战的路段缩型
这里，是金沙江与雅砻江交汇处
这里，有党中央毛主席日夜关注的攀枝花钢铁基地
这里，狮子山万吨大爆破[1]的炮声曾震惊中外
这里，如今已是祖国西南大山深处的重要钢铁新城

踏遍青山人未老

1 攀枝花狮子山万吨大爆破：根据国家三线建设的需要，1970年攀枝花一号高炉出铁后，为了加快铁矿石的开采进度，会战指挥部提出对朱家包包狮子山进行大爆破作业。经周恩来总理亲自批准，于1971年5月21日正式起爆。此为我国矿山建设史上最大一次爆破，震惊中外。山心中开挖充填巷道3591米，装药量过万吨，爆破时腾空而起的烟尘宛如原子弹爆炸后的蘑菇云。此次爆破的巷道开掘、炸药运送填充等项任务，全部由铁道兵五师所属部队承担。

脱下军装展新容
依照党中央和中央军委的决定
1984 年 1 月，铁道兵脱下军装整体转制
新的时代，新的机遇
一支中国铁路建设的主力军开始新的长征
勇闯市场搏急流
闯出大道朝天走
修大秦，抢京九
战兰新，闯沙洲
续写时代新篇章
神州大地显风流
修高桥，修高铁
建高层，造城铁
走出国门跨大洋
跻身世界五百强
精品、人品同在

改革、创新永恒……

迈步于“中国铁建”展区
一幅幅动感的彩色图片
一个个现代铁路施工场景再现
一片片高楼拔地而起
一个个感天动地的现场故事
书写着一个又一个感天动地的历史瞬间……

迈步于纪念馆
让我再次记住了一个简单的事实——
正是在当年铁道兵流血流汗的地方
如今，这里发生了历史性巨变
迈步于纪念馆
让我再次感悟到一个简单的逻辑——
有一种高尚叫怀念

有一种怀念叫传承
有一种传承是以新的辉煌向历史致敬

离开纪念馆时
在留言簿上我信手写下这样的感言——
这是一部可以让人触摸的历史
让你感受历史的坎坷与辉煌
感受事件的粗糙与细腻
这是一部有声音的史书
让你聆听昨日铁道兵开山修路的炮声
甚至一个个长隧贯通时的尖叫与欢呼
这是一个让后人感知前人体温的精神家园
让你触摸远去岁月里那代人的脉络跳动
感知昨日筑路人一路走来的忠诚与艰辛
这是一部催人奋进的娓娓讲述
讲述一个又一个感天动地的故事
让人心向远方，脚踏实地，迈上新的征程

挥之不去的记忆

历史的长河奔流不息
难忘的记忆总是挥之不去
那是一个特殊的年代
那是一个多雪的冬季
我，我们一群热血青年
告别父老乡亲
换上心仪已久的绿色军装
奔跑着，奔跑着
挤进那深灰色的火车皮

火车，汽车
兴奋，疲惫
带我们走进新兵训练营地
摸爬滚打，投弹射击
紧急集合，立正稍息
刚刚尝到新兵的滋味

又打起背包，登上解放牌马槽车
唱着军歌奔赴大山深处
走进火热的铁路建设工地
从那天起
我们有了一个共同的名字
我们都是铁道兵人

穿上军装都是一个兵
五湖四海，南腔北调
语言不通，心心相印
老兵新兵，男兵女兵
亲如姐妹弟兄
不论是汽车兵，警卫兵
还是做饭养猪的炊事兵
同是两面红旗一颗红星
不论是风枪手、爆破手

还是连长、营长、团长
走进隧道都是同一个掌子面的开山工
因为我们都有一个共同的名字
我们都是铁道兵人

铁道兵人
以艰苦为荣，以劳动为荣
以当铁道兵为最大的光荣
走小路，修大路
是义务，更是使命
志在四方，艰苦奋斗
逢山凿路，遇水架桥
代代相传的铁道兵精神
如春风化雨注入你我的魂灵

长城内外，大江南北

哪里需要哪里就有铁道兵的汗水足迹
高山峡谷，沙漠戈壁
哪里艰苦哪里就有铁道兵的建筑工地
忘不了那高山下的花环
忘不了老班长牺牲时
口袋里欠账单上那沉重的字迹……
一条铁路铺通了
背上了那个行装扛起那个枪
雄壮的那个队伍浩浩荡荡……
再次奔赴铁路建设新工地
轰隆隆一排开山炮
千山万豁回声起

铁打的营盘，流水的兵
如溪流归入大海
如飞鸟投宿林地

一年年，一代代
多少铁道兵人脱下军装
重新回到出发时的那片土地
你我再见面时
不论是来自城市还是农村
不论是富有还是贫困
不论是县长、市长还是农民
最亲切的称呼是喊一声：战——友——
一声问候，几杯浊酒
再唱一次《铁道兵志在四方》
同感同调，同声同韵
因为大家有一个共同的名字
我们都是铁道兵人

让我们为之自豪吧
我们都是铁道兵人

铁道兵的艰苦生活强壮了我们的筋骨
铁道兵的军旅生涯规范了我们的人生命运
今生今世
我们注定都是铁—道—兵—人

一首会飞的歌[1]

（朗诵诗）

朋友，你可曾看见
你可曾听见
天上飞的不只是有云，有鸟
还有一首会飞的歌
唱的人多了
唱的时间长了
你也会唱，我也会唱
风也会唱，雨也会唱

1 一首会飞的歌：此诗系作者应老领导王玉良同志之邀共同创作，原载于《中国铁道建筑报》。王玉良，1928年生，1944年参军，曾参加哈尔滨1948年7月5日的东北人民解放军铁道纵队成立大会，后随铁道兵部队参加抗美援朝，获朝鲜三级勋章，离休前任铁道兵第一指挥部政治部宣传处处长。

“背上了那个行装扛起那个枪
雄壮的那个队伍浩浩荡荡
你要问我到哪里去呀
我们要到祖国最需要的地方”

这首歌的名字
叫《铁道兵志在四方》[1]
20 世纪 60 年代，这首
由铁道兵人蘸着汗水写出的歌
飞进了中南海

1 《铁道兵志在四方》：此歌为铁道兵的“军歌”，黄荣森作词，郑志洁作曲，最早发表于《上海歌声》和中国音乐家协会主办的《歌曲》。1964 年全军文艺汇演，作为“男声小合唱”获优秀歌曲奖。随后，中央人民广播电台在“每周一歌”节目中连续播出，获多方好评。

敬爱的周总理同众人齐声歌唱[1]
唱了一遍又一遍
直唱得大家心潮澎湃，热泪盈眶

后来，这首歌
就长出了翅膀
飞得很高，很远
飞向祖国的千山万水
飞向筑路人的工地营房
从长城内外到大江南北
从东海之滨到青藏高原

1 敬爱的周总理同众人齐声歌唱：20世纪60年代，我国三线建设如火如荼，铁道兵备受国家领导人和社会关注。1966年春，周总理在中南海接见铁道兵领导时，问道：《铁道兵志在四方》这首歌，你们会唱不会唱？说罢就带领大家一起唱了起来。此后，部队下发关于教唱《铁道兵志在四方》的决定。从此，这首歌在铁道兵部队广泛传唱开来。

从大兴安岭到五指山麓……
那里有铁道兵战士的身影
那里就有《铁道兵志在四方》的歌声回荡

“离别了天山千里雪
但见那东海万顷浪
才听塞外牛羊叫
又闻那江南稻花香”

逢山凿路，遇水架桥
铁道兵前无险阻
风餐露宿，沐雨栉风
铁道兵前无困难
贵昆，成昆，襄渝，青藏，南疆
一条又一条钢铁大道
在《铁道兵志在四方》的歌声中延伸
一代又一代筑路人

在《铁道兵志在四方》的歌声中成长

走小路，修大路
劳动为荣
艰苦为荣
当铁道兵光荣
一代又一代铁道兵人把青春和忠诚
写在祖国的大地上
一条又一条新建铁路通车的汽笛长鸣
那是铁道兵人向祖国无言的汇报

一条又一条铁路通车了
一批又一批铁道兵官兵
脱下军装，告别军营
《铁道兵志在四方》的歌声
伴随着当年筑路人的身影
飞向工厂，飞向农村

飞向都市，飞向特区
飞往祖国四化建设的新征程
有这样一位从铁道兵部队退伍的老兵
将《铁道兵志在四方》这首歌
设置为手机上被叫的铃声
在火车上，在公交车上
每当手机铃声响起时
便有人向他投来敬慕的眼神
时常有不曾相识的铁道兵战友
与他在歌声中相识，相拥
亲兄弟一般，共同回望
筑路工地上那激情燃烧的岁月
于是，相互约定
在新的征途上相互守望，结伴而行

昨日的铁道兵整体转制
作为中国建筑行业的一支劲旅

迈步走进改革开放的新时代
《铁道兵志在四方》的歌声
伴随着这支队伍
飞向祖国现代化的一个个高铁工地
沿着丝绸之路上前人的足迹
飞向一个又一个火热海外市场
怀抱着祖国的重托
去开创着新的事业
实现新的梦想

《铁道兵志在四方》
一首会飞的歌
一首筑路人梦中的歌
一首在筑路人心中扎根的歌
你也在唱，我也在唱
昨日在唱，今日在唱
风也在唱，雨也在唱

“背上了那个行装扛起那个枪
雄壮的那个队伍浩浩荡荡
你要问我到哪里去呀
我们要到祖国最需要的地方”

《铁道兵志在四方》
一首会飞的歌
她，穿过历史的风云变幻
她，走过祖国岁月的沧桑
滚滚长江听见
滔滔黄河听见
高高昆仑听见
巍巍天山听见
一山唱，万山和
万水千山歌声永不落

天地有情送英灵

生如夏花之绚烂，死如秋叶之静美。荣获中国国防部“铁道兵硬骨头战士”称号的张春玉，2015 年 7 月 23 日凌晨，在滚滚长江尽头的上海，静静地走完了他的人生之路。噩耗传来，浮想联翩，谨以此诗为他送行。

就这样
轻轻地，他走了
挥挥手
告别二〇一五年这个多雨的夏季

连续多日
北京，上海和我国南方多地
淅淅沥沥地飘着细雨
风雨中，匆匆行进的路人

很少有人知道他的名字
——张春玉

然而
天空中的风知道
天空中的云知道
20 世纪 60 年代，人民共和国
刚刚走过三年的困难时期
如雄狮苏醒，百业待兴
全国各地基本建设急需大量木材
铁道兵三、六、九师紧急受命
浩浩荡荡挺进祖国东北的“高寒禁区”
挺进茫茫长白山
挺进大小兴安岭
沉寂的林海雪原
处处留下

张春玉和战友们日夜奋战的身影

东北的白山黑水不会忘记
大兴安岭的茫茫林海不会忘记
那是一个激情燃烧的岁月
那是一段艰苦奋斗，英勇悲壮经历
没有住房
搭起帐篷就是家
没有水做饭
融雪化冰蒸煮高粱米
没有蔬菜
靠盐水煮黄豆下饭充饥
零下三四十度的严寒
“地火龙”是战友们御寒的土暖器
争时间，抢速度
“以冻制冻”的施工法

在冰河上创造出了修建桥梁的奇迹

1965 年 6 月 30 日
是林海筑路人一个刻骨铭心的记忆
这天凌晨
朝阳隧道掌子面出现严重的塌方险情
在那千钧一发的时刻
身为副班长的张春玉
不顾个人安危
将身处险境的一位战友推开
却把死的危险留给自己
或许是山体有神，上天显灵
轰然倒下的万斤巨石
像一只凶恶的猛兽缺了一颗牙齿
巨石下方的边沿有一个不大的豁口
将张春玉的下半身死死地卡住

让他获得绝地逢生的一线生机
张春玉丝毫动弹不得
但他没有呼喊，没有流泪
剧痛中依然牵挂着其他战友的安危
部队首长、战友从四面八方赶到现场
千方百计进行紧张施救
不时呼唤着巨石下那个顽强的生命
时间一分一秒地过去
一个小时
又一个小时
七个千斤顶同步发力
罪恶的巨石下终于救出昏迷中的张春玉
此时，时间
整整过去了两个小时四十分钟
此时，他的左股骨闭合性粉碎性骨折
他的右胸三根肋骨已经断裂……

在部队医院里
张春玉因伤势过重先后做过四次手术
他以坚强的意志和超人的毅力配合治疗
稍有好转，他向组织要求——
快些治好伤痛，早日返回铁路建设工地

这一年的金秋十月
共和国国防部发布命令
授予张春玉“铁道兵硬骨头战士”光荣称号
号召全军官兵向他学习

我们不会忘记，共和国的这个时代
是一个英雄辈出的时代
是一个崇尚楷模的时代
是一个精神向上的伟大时代

继毛泽东亲笔题词“向雷锋同志学习”之后
中华大地的热土上，陆续涌现出了
在投弹训练中掩护民兵英勇牺牲的王杰
在海疆中身负重伤守护海防的战斗英雄麦贤得
为救护儿童，勇揽惊马而献身的刘英俊
为救下奔驰的列车舍身推开战马的欧阳海……
在这些受人敬仰的英雄群像中
作为铁道兵的优秀代表
张春玉的名字与他们紧紧地联系在一起

铁人铁骨铁兵魂，感天动地结姻亲
在军区总医院的特护病房里
来自上海的白衣天使杨凤燕
被张春玉的顽强精神和毅力所感动
渐渐对这位终身的残疾者产生爱慕之心
终于，崇高的爱情让两位年轻人走到了一起

他们相伴相爱，生儿育女
晚年的张春玉因骨癌带来的苦难
他们一起承担，共担同度
像高山上两株苍翠的青松
如河岸上两株深情的垂柳
根连着根，手牵着手
相依为命，风雨如故

就这样
轻轻地，他走了
挥挥手
告别了二〇一五年这个多雨的夏季
告别了多年来骨癌带来的煎熬与痛苦
依照张春玉生前的意愿
着一身戎装安然上路

让我们一起为英雄张春玉送行吧
天空中的风
天空中的云
滚滚长江日夜不息的波涛
大兴安岭翘首远望的翠柏与青松

我沿着万里铁道走

2018年4月27日，我国第十三届全国人民代表大会通过决议，将每年的9月30日定为烈士纪念日。是日凌晨，笔者辗转难眠，多年来在铁路建设中一个个因公牺牲的战友历历在目。遂命笔成诗，以表达对逝者的缅怀之情。

我沿着万里铁道走
看望长眠在铁道旁的老战友
万水千山都是情
让我怎能，怎能不一步一回头

我尊敬的老班长
是你带我走上军旅人生路
新兵连里你教我叠军被
打靶场上你手把手教我学射击
风雨夜，我站岗你带哨

你脱下雨衣披在我肩头
新兵训练结束时，你
拍着我的肩膀送我一句话——
咱们当兵的人
就是要天大的困难不低头
贵昆铁路重点工程梅花山
我与老班长奋战在同一个隧道口
没想到，一次隧道大塌方
老班长最后撤离，不幸葬身“老虎口”

我沿着万里铁道走
成昆铁路线上，攀枝花树下
再难见到当年的同乡好战友
犹记西南三线建设鏖战急
车轮滚滚驰骋在连绵阴雨中
泥泞路上，一辆军车倾翻深崖

战友韶华之年葬身金沙江
不堪回首，巨石下殷红的鲜血顺水流

我沿着万里铁道走
越过哈尔盖
眺望青海湖
天峻高原阵阵风沙中
望眼关角山坡地的昔日烈士墓地
想起苦战关角山隧道中牺牲的好战友
一堆堆黄土野草间
似有一双双臂膀向我伸出双手

我沿着万里铁道走
走过德令哈
穿越察尔汗
又见高原新城格尔木
眼前的铁道兵烈士陵园庄严肃穆

坟墓一排排，一行行
依然是战友们当年出发时的阵容
生前，他们是天路的建设者
死后，他们是天路的守护人
他们把年轻的生命献给了天路
却没有见到天路火车奔驰汽笛鸣……
烈士墓碑前，我双手高举一束格桑花
以一名昨日天路建设者的名义
邀高洁的蓝天白云
邀横空出世的巍巍昆仑
同我一起
向天路修建中牺牲的筑路人表达深深的致敬

我沿着万里铁道走
看望长眠在铁道旁的老战友
万水千山都是情
让我怎能，怎能不一步一回头

军营水塔上，跌落一只雄鹰

不知什么时候
随着一股春风
一颗榆树的种子
落在一个军营水塔的端顶

凭借着脚下少得可怜的泥土
它发芽，生根
年复一年，竟然
长成一棵与人同高的树

春来
眺望着西山的葱茏
秋去
倾听南飞鸿雁的唱鸣
它从来不感到孤独
因有纯净的白云为伴

享受着远离喧嚣的别样人生

终于，有一天
废弃的水塔要被拆除了
我看到，水塔倾倒的那一刻
高塔上的那棵榆树
一个倔强无奈的身躯在秋风中
跌落成一只苍劲的雄鹰

心愿

——写在中国共产党九十华诞

没有鲜花
没有美酒
我怀着一颗滚烫的心
郑重地举起右手
向鲜红的党旗致敬
祝贺中国共产党九十华诞

一把铁锤
一把镰刀
在血与火的岁月里
锻打了整整九十个春秋啊
于是，这钢铁
也有了血肉，有了筋骨，有了灵魂
这铁魂之声一次次从华夏上空滚过——
铮铮有力，铿锵有韵
黄河，听见

泰山，听见

穿过枪林弹雨
走过雪山草地
从黄浦江畔出发
到天安门广场升起五星红旗
几多磨难，几多离散
几多歧路，几多彼岸
谁能算出这历史时空的距离
风雨中，永远不倒的党旗啊
就是中华民族命运的无声召唤
无数革命英烈的炯炯目光
无数平民百姓的殷殷期盼
生也铭记
死也铭记

建党建国
改革开放
东方一头雄狮醒来
匍匐前行，奋勇猛进
昨天灾难深重的中华民族啊
今日终于巍然屹立于世界民族之林
苍天，可鉴
日月，可鉴

九十年时光弹指间
展望未来任重道远
期盼党心连着民心
期盼官民一条心
行稳致远永不分
国也兴平
民也兴平

第一次，我乘高铁出行

飞一般的感觉
梦一般的奇幻

来自四面八方的男男女女
推拉着五颜六色的行李箱
走进一个长长的子弹壳里
子弹，被一个城市弹出
飞向另一个城市
风，呼啸的风声
伴我一路同行

离开都市的喧嚣
忘却世俗的纷争
我，我的心情
如一只放飞的白鸽
飞翔在广阔无垠的天空

田园，林木，村落
急速向后方退去，退去
窗外
大地万物，宛若一个快速旋转的巨轮
我，我的列车是轴心

河流，高楼
原本的轮廓不再清晰
路人，车辆
如夜空中错落的繁星

一个城市
一个驿站
我走出站房
眼前的一切熟悉而陌生

时空的急速跨越
令我有几分眩晕
又有几分轻松
东方，一轮朝阳正红
醉了我的眼神

写在中国铁路蒸汽机车退役时

走过百年的历史沧桑
跨越几代人的难忘岁月
中国蒸汽机车炉膛内跳动的火焰
2005 年的冬天悄然熄灭
留在我们记忆深处的
是那油黑、憨厚、忠诚的身躯
和那高亢入云的汽笛长鸣

一

呜——
酷，酷，酷，酷
酷，酷，酷，酷
酷酷酷酷，酷酷酷酷，酷酷酷酷

多少年的风雨历程
你那钢铁般的浑厚与忠诚

成为中国历史上有力的见证
在那中华民族受尽欺凌的时代
中国人自行设计、自行建造的
第一条铁路——京（北京）张（张家口）铁路通车
詹天佑与许多中国同胞高兴地目视着
属于中国人的第一台蒸汽机车划时代的启动
从那一天起
你那高亢的笛声在中国上空鸣了一百多年
你那铿锵有力的轮轨声
在中国大地上滚过了一个多世纪

你一定不会忘记 1923 年的早春
刚刚组织起来的共产党人
发动了震惊中外的京汉铁路工人大罢工
北京—郑州—汉口
上百台蒸汽机车长鸣的汽笛声

惊醒了反动军阀吴佩孚的美梦
大罢工遭到血腥镇压
中国铁路工人的“二七精神”
由此奏响了中国人民反帝反军阀的洪钟

抗日战争的烽火
燃遍中华大地的岁月
活跃在华东敌后的铁道游击队
千里铁道线上与敌人斗智斗勇
抢火车，炸桥梁
护送进步青年奔赴延安圣地
迎送八方来人进入敌后战场
西方的太阳快要落山了
一声声汽笛响过
又听到心爱的土琵琶和着民歌声

解放战争的炮火中
英勇的解放军铁道纵队应运而生
主力部队打到哪里
他们就把铁路抢修到哪里
从东北到华北，华中
从长城内外到大江南北
中华大地解放区的天是明朗的天
解放区的人民好喜欢
欢呼声中，迎来革命列车汽笛长鸣

二

呜——
酷，酷，酷，酷
酷，酷，酷，酷
酷酷酷酷，酷酷酷酷，酷酷酷酷

一声声长鸣的汽笛，唤来
天安门广场上的五星红旗冉冉升起
隆隆的轮轨声中
伟大祖国的列车驶入新的征程
抗美援朝战场上
中国人民志愿军铁道兵
在敌人的狂轰滥炸中创造了
打不垮、炸不断的钢铁运输线的奇迹
声声汽笛响过鸭绿江、清川江
传递着无比深厚的国际友情

新中国和平建设的春风里
一条条既有铁路在修复
一条条新建铁路在延伸
宝成、鹰厦、贵昆、成昆
南疆、北疆、京九、兰新

祖国版图上一条条大动脉被描红
一声声汽笛声中
多少天堑变通途
多年的穷乡僻壤飞彩虹

记不清有多少次出发
记不清有多少次到达
记不清有多少次告别
记不清有多少次相逢
许多往事早已远去
只有那长鸣的汽笛声久久留在记忆中

一台台乌黑、憨厚、忠诚的蒸汽机车呀
您一定会记得
“文革”中那激情燃烧的岁月里
多少知识青年上山下乡

与亲友、老师、同学的告别时
照片里常常留下你那高大的身影
许多人追赶着火车奔跑
说不清是难舍还是激动

多少年来，全国各地
一批批年轻人参军入伍
换上绿军装挤进那绿色的火车皮
奔赴远方那陌生的军营
在列车的铿锵声中
开启一个个新的人生

三

呜——
酷，酷，酷，酷
酷，酷，酷，酷

酷酷酷酷，酷酷酷，酷酷酷酷

每当想起奔驰中的蒸汽机车
我就想起那黑红相间的巨轮
它是蒸汽机车的脚
它是蒸汽机车的腿
那种黑呀
黑得透亮，黑得彻底，黑得绝对
那种红呀
红得耀眼，红得张扬，红得纯粹
红与黑紧紧地拥抱在一起
在奔驰中表达着自己的追求和坚韧

每当想起奔驰中的蒸汽机车
我就想起那炉膛前的炉工师傅
不论是酷暑，严冬

不论是白天，夜晚
那闪亮的火苗
把工人师傅的汗珠映得通红

每当想起奔驰中的蒸汽机车
我就想起你穿山越岭勇往直前的气势
呼啸而来
隆隆而过
响着雷，带着电
挟着云，裹着风

四

呜——
酷，酷，酷，酷
酷，酷，酷，酷
酷酷酷酷，酷酷酷酷，酷酷酷酷

每当想起奔驰中的蒸汽机车
我就想起那些默默无闻的筑路人
他们有健壮、黝黑的肤色
他们心中燃烧着一团团火焰
一生都在旷野中奔波
一生都在风雨中劳作
荒漠戈壁，雪域高原
大山深处，江河湖畔
处处留下他们的汗水与足迹
一列列队伍多像一列列火车
总是奔跑着，奔跑着

多少年来
筑路人早已习惯于默默奉献
逢山凿路，遇水架桥

风餐露宿，沐雨栉风
无论前方多少险阻
总是奔驰向前，不言退缩
这不正是蒸汽机车的气质
不正是铁路火车头的品德

时代的潮流滚滚向前
让我们站在 21 世纪的起跑线上
与蒸汽机车挥手而别
愿奔腾向前的火车头精神永远不朽

对乘绿皮火车的怀念

似梦非梦
总也难忘，多年前
我曾一次次乘绿皮火车出行

倚靠在窗前
漫不经心地
欣赏着窗外的风景
吭咚吭咚，吭咚吭咚……

远处
一幅绿色的油画直通天际
近处
似曾相识的乡亲
从容地在阳光下收获，播种
看那喜悦和着汗水
在眉宇间闪动

列车
跨越一条条不知名的江河
看得清悠悠帆船上晃动的人影
听得到桥下水流的阵阵涛声

最是晴空明月夜
列车在连绵的山谷中运行
铁道弯弯
车声隆隆
蓦然回首，窗外
喷云吐雾间
好一条见头不见尾的长龙
时而，几声长鸣的汽笛
划破山谷千年的寂静

天亮时分
或远或近

传来几声狗叫，几声鸡鸣
列车从小村旁穿过
窗外，但见
端着饭碗边吃边聊的男男女女
上学路上蹦蹦跳跳的学童
村头，几只黄狗
向车上的客人摇起响铃……

人近暮年，万事如梦
总难忘
半生一次次乘绿皮火车出行
漫不经心地倚靠在窗前
看不尽窗外的风景
听不够那有节奏的轮轨之声
吭咚，吭咚
吭咚吭咚，吭咚吭咚……

清明祭远谋先生[1]

春风带雨柳含烟
孤飞燕，杏花寒
黄泉路遥，寂寞与谁言
生死相望难相见
天一方，地一边

愿君归处是春山
山青青，水涟涟
条条铁道，洞桥似曾见[2]
梦中沧海挂云帆
破浪行，见桑田

1 远谋先生：即逝者陈远谋同志。陈远谋曾任新华社驻铁道兵记者，后任由铁道兵报改版的中国铁道建筑报社副社长，2018 年 10 月 29 日病故于北京。

2 条条铁道，洞桥似曾见：陈远谋同志早年携笔从戎，一生当铁道兵，写铁道兵，出版有新闻作品集《昨日铁道兵》及铁道兵报报史《走过六十年》（合作）。作者祈愿逝者在另一个世界里仍有他熟悉的铁道相伴。

烟雨中，我在海南环岛高铁上看风景

微风徐徐
细雨蒙蒙
我坐在海南环岛高铁上
看窗外旋转而去的风景

我欣赏雨中一片片葱郁的椰林
一株株，一排排
高低差次，无边无垠
株株高挺着傲世的躯干
任风雨随意梳理青春的发型

我倾听风雨中大海的呼吸
浪花翻涌，涛声阵阵
潮涨潮落，由远而近
海滩敞开广阔的胸膛
任凭一峰峰浪花多情的拥抱与亲吻

五指山下，万泉河畔
看雨中那静美的田园风光
池池菜蔬，汪汪稻田
潺潺溪流，点点民居
田园间
头戴竹笠的红衣菜农少女
笑看火车来去手不闲

火车依山蜿蜒而行
前方将驶入一座不长的隧洞
我，起身凭窗而立
向山间一位昨日的铁路建设者肃然起敬
是铁路施工中的一次意外事故
风雨中夺去了他那年轻的生命

辑四

原本，他们互不相识
只因有一天他们走进了同一座山门
在同一座寺庙里
接纳同一高僧的传经布道
他们在同一个佛祖前一同双手合十
许下大致相同的心愿
于是，他们走出山门时
大家便成为亲如手足的姐妹弟兄
成为同一个佛祖的善男信女
成为一个朋友圈的人

——摘自《禅茶集》

禅茶集

1
我在山下时
佛在山上
我在山上时
佛在天上

2
我拜佛时
佛不语
我不拜佛时
佛在语

3
我闭目念佛时
佛睁着眼睛看我
我睁眼求佛时

佛闭上了眼睛
时而，去看空中的蓝天白云

4
我拜佛时
僧人敲击着香案上的木鱼
口中念念有词
我却听不懂其中的内容

5
上帝，并不存在
却又无处不在
白日，他给你阳光
夜晚，他给你梦想

6
我听到上帝对我说

夜空中的繁星再多，依然是在天上
如果不能把自己的心灯点亮
你依然生活在黑暗中

7
月光下，我心若静水
远方的灯火
身边的落花
举目皆有禅境诗意

8
在佛面前，人是草木
在草木面前，人是佛

9
原本，他们互不相识
只因有一天，他们走进同一座山门

在同一座寺庙里
接纳同一高僧的传经布道
他们在同一个佛祖前一起双手合十
许下大致相同的心愿
于是，他们走出山门时
大家便成为亲如手足的姐妹弟兄
成为同一个佛祖下的善男信女
成为一个朋友圈的人

10

忠诚的信徒对神的信仰和依赖
一如景仰高空中的明星
阳光下它似乎并不存在
只有在生命将尽的黑夜里
才能看到它的光明

11

我迈步走进神圣的寺院
听到菩提树的枝叶在簌簌细语——
人的一生悠悠琐事只是枝叶和花朵
为谁而死才是果实
为信仰而死，是人生的圆满

12

当佛向你微笑时
你可以走近他，听他的教诲
当佛向你狂笑时
你应该离开他
去想一想你做错了什么

13

上帝伸出右手

拯救人于苦难之中
上帝伸出左手
惩治人的肆意恶行

14
佛祖那慈祥的目光落在我的心上
我感到周身的暖意
一如丝丝春雨
洒在我干枯的心田

15
向日葵的心总是向着太阳的方向
而太阳并不知道
太阳总是毫无区别地
将阳光普洒在大地万物

16
花朵开到最盛时
离它生命的终点也就不远了
花朵的高尚在于把自己最美的时光
留给了这个世界

17
人生是一条奔流的长河
苦难、挫折甚至失败是生命中的浪花
长河的奔腾不息
雕刻出激流中的美石

18
花朵，只有开放才有芳香
生命，只有付出才有力量

19
睡眠，是蔓延的绿藤
美梦，是绿藤上结出的香瓜
梦醒了
香瓜也就不在了

20
人的一生
一半是命，一半是缘
能够改变的，我付出努力
无法改变的，我欣然接受

21
身边，一缕残香犹在
案头，一杯清茶尚温
心头几多茶中故事

不知说给谁人听

22

月下，茶案前
我听到两位僧人的对话——
“苦难呀，人生的羁绊……”
“不，苦难乃人生之缘”
“苦难面前，我眼前一片黑暗”
“不，人生因苦而悟，因难而笃”

23

每个人心中
都有属于自己的春天——
风过处虽然无痕
心底却留下花的清香

24

在一处山林环抱的大寺院中
因一时迷失方向
我向一位“扫地僧”问路
“扫地僧”问我进的哪个山门
又问要去哪座寺庙
手指我要去的方向却并不指明路径
言毕，继续无声地去扫稀疏的落叶
良久，我想起那句古老的哲学命题——
我是谁？我从哪里来
我要到哪里去

25

在虔诚的信徒听来
寺院里神树上的每一声鸟鸣
都是一种信号或者暗示

只是凡人听不懂

26
一抹秋日高空中飘浮的闲云
看大地万物处处美景
只是看不懂，因一点生臭的蝇头小利
两群忙碌奔走的蚁群为何整日争斗不已

27
信佛，即是信因果
睡梦中，一味迷信佛的神通
天亮时，却断不掉心中的邪念
佛祖前焚多少高香，仍是痴人

28
拜佛，应该是佛前的忏悔

怀有私心功利却要求佛的保佑
做样子给佛祖看，烧再多的高香
也是对佛祖的亵渎

29

山上有座庙，神是人来造
泥人成神仙，门前台阶高
拜佛先上香，纸钱不能少
神仙非一家，必须都拜到
都说神仙好，出门也悟了
做个凡界人，免得受烟燎

30

在神的寺庙里
我想找一位师父为我指点迷津
师父摆手说：不必

你以戒为师即可

31

“师父，我想请一尊佛像供在家中
这样，我可以每天进香念佛”
“请问，你的父母健在否”
“都在呢”
“父母即佛
你每天关心孝敬即可。阿弥陀佛”

32

有时候，死是一种表白
斯人走的时候，没有遗书遗言
谨用生命，表达了自己的清白
因为在他看来，清白高于生命
以生命表达的清白

高如天，深如海

33

公园里，小路旁
我总不忍心踩踏小草
宁肯绕道而行
因为，我也是路边的一棵小草

34

大地上
永不熄灭的绿色火焰是树
人的心灵中
永不熄灭的红色火焰是信仰

35

感恩，是心中的一束鲜花

她可以让你变得年轻，谦逊
怨恨，是存放在心中的一瓶毒水
每打开一次，就污染一次你的魂灵

36
我曾向两位高僧请教——
“理解与爱是一回事吗”
一位高僧点头道：“是的
因为有理解才有爱
因为有爱才能理解”
另一位高僧摇头道：“未必
因为理解出于理智
爱，属于感情”

37
曾经，我向一位高僧请教——

如何让我变得成熟些
高僧沉思良久，说道——
去学会把复杂的事情变得简单
把简单的事情变得有意义

38
我站在河岸边
看到一位老者正在撒网捕鱼
网网都是空的
我不知道
我该向捕鱼者表示同情
还是该为逃生的鱼儿庆幸

39
如果你跌倒了
没有人把你扶起来

你也应该为此庆幸
因为，有不少人被绊倒之后
是被人踩在脚下的

40
水向东海
日落西山
我的心灵，随遇而安

41
我们的生命
上帝赐给每个人一笔有限的存款
我们不能只是消费
还应该不断地去充值
以健康的身心，并持之以恒

42
如今，常有人
喜欢世事透明。然而我想说
如果把你生命的终点“透明”给你
不知你会怎么说

43
许多年轻人
总以为生命的终点远在天边
似乎生命可以永恒，可以挥霍
而垂垂老者已经望到生命终点的彼岸
才理解生命有限，应该珍惜

44
从生命的窗口望去

衰老是一个脱落的过程
体力，精力，记忆……

45
月下一条河
河中一轮月
水流月还在
月去水还流

46
只因共同的信仰
让你我走到了一起
心中，沐浴同一缕阳光
脚下，踏在同一方绿地
夕阳下，携手观云，抱膝对吟
入睡，走进同一个梦境

47

酒，让人兴奋
茶，令人清醒
酗酒闹事者常有
品茶翻脸者少见
处世，酒不能不喝
交友，茶不可不饮
需喝酒时且喝酒
当饮茶处则饮茶

上帝，你的另一个自己

上帝，远在天边
却又在你的身边
你看不见他
他却看得见你
他鼓励你奋力前行
却又让你有所敬畏

有时，你会把上帝忘记
然而，上帝却永远记得你
他不计较你无意中的过失
却又在你前行的路上
一次又一次将不幸跌倒的你扶起

上帝在你心中
上帝，就是你的另一个自己

假如

假如给我一个春天
却没有和暖的春风
我宁愿守候在漫长的寒冬

假如给我一个秋天
却没有淅淅沥沥的秋雨
我宁愿在那炎热的长夜等待天明

假如有一天
有人把我不切实际地往天上捧
我请求快些把我放下
哪怕遍地都是荒草或是泥泞
因为，我知道自己的分量
我看重，心地的安静

上帝的视角

我站在摩天高楼上
俯瞰楼下的行人
每个人都是一个圆点
没有高低之别
没有贵贱之分
这，或许
正是上帝的视角

顷刻，我又看见广场上
许多圆点蚁聚般地移动着
然后，又迅速散开
或许，这正是上帝的旨意
他让群体，有聚有散
他让男女，有分有合

无心是道

许多话听来伤人
反过来想，却是一片好意
许多事结束之后
回过头想，当初本不该那么着急

许多道理争来争去
日后才知道，双方同属一个营地
许多钱财抢来夺去
后来才知道，那身外之物本不该属于自己

许多人聪明一世，却糊涂一时
吃亏之后才明白，聪明时正是糊涂处
局外者清，当局者迷
怕只怕一个自己，迷惑另一个自己
还是唐代那位本净禅师说得好——
若要求佛，即心是佛
若要问道，无心是道

星问

星空之下，一位小沙弥问师父——
“天上的星星
为什么常有几颗无缘无故地陨落”

师父眼观星空，细语道——
“不要以为天上的繁星是杂乱无序的
其实，它们时时刻刻
信守着自己的位置跟轨迹
相互吸引着，却又保持一定的距离
如果违背这种格局
自然会被抛弃”

“世上的人也是这样吗”
师父转动着手中的佛珠，闭目细语——
“大道可悟不可言
南无阿弥陀佛”

度人即度己

一位拜佛者向出家人求救——
“拯救我吧
我是一个最不幸的人”

“你去寻找一个比你更不幸的人
真心去帮助他
他会拯救你”

拜佛者半信半疑
但却照着做了
他让另一位不幸者脱离了苦境
由此，他找到了幸福的感觉

命运问答

我双手合十
仰脸向佛问道——
“人生在世是否一定要接受命运的主宰”
佛思忖良久，像是自言自语——
“命运并不存在
一切都是自己的选择”

“人应该如何选择自己的未来”
“重要的是把握好当下”

“当下和未来是一条必然的直线吗”
“人生是一条曲折的长河，水即性格”

“人们常说性格决定命运，对否”
佛无语，转身去看蓝天上飘动的白云

天意

古往今来
许多人不知天意，不信天意

天意之剑指向这一端
他偏偏要走向另一端
试与天意掰手腕
偶尔，也有小赢的时候
于是更加张狂
不知厚地高天
在远离天意的荒野中越走越远

直到有一天
这人老得走不动了
他才明白
天意不可违
多少人企图战胜天意
天意不曾饶过谁

迷途

拜佛者说——
保佑我吧
让我成为世界上最富有的人
南无阿弥陀佛

佛说——
去吧，去学会
做每一份金钱的奴隶
你就会变为世界最富有的人

拜佛者起身离去
佛摇首道：迷途迷途……

朝圣九寨沟

九寨沟的风景
与其说是让我欣赏
不如说是让我吸吮
空气，透明之外更有几分亮丽
流水，清爽之外更有几分神韵

九寨沟的风景
与其说是令我向往
不如说是令我感动
山山水水，一草一木
如梦如幻，又像隔空隔世
大自然的造化
让当今的任何装饰成为累赘与多余

九寨沟的风景
与其说是一种美丽

不如说是一种神圣
白云，白得高洁如丝如缎
蓝天 ，蓝得透明清澈如镜
青山，青得苍翠欲滴
绿水，绿得深邃如梦

虽然，我不信仰宗教
置身于九寨沟
我的心，如朝圣拜佛般虔诚

我是一只笨鸟

我知道，我是一只笨鸟
没有鲜艳的华冠
也没有漂亮的羽毛
既飞不远
也飞不高
不会见人起舞
更不知道如何向人示好
甚至，该我掩面哭泣的时候
我竟然掩面傻笑

我知道，我是一只笨鸟
然而，我不会见异思迁
一生只固守在当初认定的窝巢
风风雨雨里
我分得清是谁对我真心好
鸟儿是要捉虫的

因为我笨，每天我总要起得早
黄昏来了，我守候那黑色的寂寞
不分春夏秋冬
等候那朝霞耀眼的晨曦拂晓

我坚守

我坚守，因为
我相信寒冷的冬天过去之后
一定会有春风

我坚守，因为
我知道离笑到最后的那一刻还远
眼前的一切都是过程

我坚守，因为
我心中有一个未圆的梦
梦未圆，天未明

坚守，是对意志的考验
坚守，是一道别样的风景
朝圣之路，我不问山高水长

附　录

一条流淌着的哲理小溪

——读吴志义诗集《心灵的故园》

房光辉

我庆幸，我能成为诗集《心灵的故园》的第一读者。通览全书，掩卷静思，作者笔下的乡愁诗和军旅诗，情景交融，一幅幅动人的画卷，留在我的心底。更让我久久回味的，还是作者笔下的哲理性诗作。一首首一行行的哲理性小诗，宛如一条清澈见底、叮咚作响的溪水流淌在我的身旁，夹岸的绿荫和清新的空气直往心里去，润物细无声地滋润着我的心田。

诗集作者吴志义是我尊敬的兄长。我尊敬他，不仅因为他是我人生道路上一位真诚的挚友，更因为我喜欢他的诗品诗作，特别是他的哲理诗。前不久，他将新近结集的诗稿在电脑上传给我，说这是他继《心灵的雨丝》《心灵的潮汐》之后的又一本诗集，算是一个小的系列或姊妹篇，或称为心灵三部曲，以了结人生暮年的一桩心事。嘱我提出意见和建议，帮他发现和更正文字性差错。

由此，我想起三十多年前，由《铁道兵》报改版的报纸文艺副刊上那个“树叶集”栏目。这个栏目，曾不定期地刊登一位化名吴飞的哲理小诗，当时我无缘认识诗的作者，但诗中的哲理趣味时常让我心动不已。此后，我在北京的中国青年政治学院学习期间，经人介绍我有幸与他相识。当时，他的诗集《心灵的雨丝》由中国文联出版社出版，著名诗人、词作家石祥同志为其作序，序文中写道“这些诗，是经过辛勤陶冶的金子，似久酿的醇酒，是遍尝酸甜苦辣之后的一种人生体味，是春蚕咀嚼桑叶之后吐出来的一缕缕银丝……”志义兄将一本散发着墨香味的诗集赠予我，我珍藏至今，其中有的诗句记忆犹新。诗集中有首“感觉属于自己”的诗，作者写道：“寻寻常常的事／寻寻常常的理／进入哲人的心田／淌成一条哲理的小溪 ／／寻寻常常的风／寻寻常常的雨／我外出漫步／踏出几行湿淋淋的诗句／／回忆是一种诱惑／感觉只属于自己”。由此，我在想，眼前这本《心灵的故园》，不也正是一条清澈流淌着的哲理小溪。如今，我们所处的这个信息爆炸的时代，许多人活得累而烦躁，如能到这条清澈流淌着的小溪边走走看看，定会获得一些心灵的安静和精神的依归。

近几年，常听到这样一句话，说是能把字写得让人不认识的，就是书法家；能把诗写得让人看不懂的，就是诗人。此言虽有些调侃和尖刻，却反映出一些人对此类社会现象的不满。书法且不论，仅就诗歌而言，近些年来诗歌写作在求新求变中的迷失是显而易见的。据《新世纪中国诗典》所言，从时间上划分，大致每十年会为一个新的变化。20 世纪 80 年代朦胧诗的出现，一方面摆脱了曾经不正常的虚假和正统，让人耳目一新，但另一方面又有人把朦胧诗引入语言的迷宫，路子越走越窄，有人说读朦胧诗如走进修道院，面对脸色苍白神色肃穆的修女，让人敬而远之。20 世纪 90 年代末期，民间写作进入大众视野，一时间，草根出身的“农民写作”“乡女写作”潮水般涌来，让诗歌有了久违的“烟火味”和“地气”，给人以亲切和温暖之感，但也带来一些负面效应，譬如有的作者语言表达过于随便，被人称为“口水诗”，叙事成了流水账。由此，人们怀念起诗歌应有的意境和语言之美，从 21 世纪初开始，在悄无声息之中开始向诗歌的本体回归，在吸纳前些年诗歌创作中特别是代表性作者长处的同时，开始摒弃诗歌写作中的诸多不良倾向。

毋庸讳言，吴志义的《心灵的雨丝》《心灵的潮汐》《心灵的故园》三本诗集的写作和出版，正是在新世纪前后诗坛这场探索和回归的浪潮中完成的。难能可贵的是，面对诗坛的风云变幻，他有着自己始终不渝的信念和坚守。他坚信，无论中国诗坛的风云如何变幻，最终依然要回归到诗歌创作的本真上来。他坚守自己的创作理念和风格，尊重诗歌创作规律，深入生活，感悟人生，巧妙地将思想性、哲理性融入可见可感的诗作画面之中。纵观作者陆续面世的三本诗集，看得出他机智灵活地不断吸纳了一些新的创作理念和表现手法，同时又努力摒弃一些低俗、浅薄的表达方式。一步一个台阶，笔下的诗作更趋成熟、深邃和老道。他的诗不仅力求让读者看得懂，并能从精神和美学的享受中得到启迪。

谈到诗歌创作，他认为与其他文学体式相比，诗歌是最自我的一种文体，作者的自身体验和思想性更为重要，自由度也更大些。他说，练习写作的过程就像登山一样，山的高度就在那里，登到什么高度，看你的体力、耐力和智力。而且，上山的路不会只有一条道，有相对宽畅的大路，也有布满荆棘的小路野径。上山的大路上，人多而热闹，我不去扎堆凑热闹，常是选择一条土路小径，且行且玩，一路上有风中山花，石间清泉，时而可遇上茅屋民居，采药老翁，牧羊小童，便向前聊上一阵。由此引发一些即兴随感，便记下来，然后经过静虑，幻化为笔下的一首首小诗。时间长了，积少成多，或发于报刊，或结集出版，向读者奉献一片素心，希望能给人些许向上向善的启迪。

翻阅眼前这本《心灵的故园》，犹如漫步在一条流淌着的溪水之畔，让人在心情愉悦中，常有所思，有所获。书中的许多哲理短诗，看似平淡无奇，却是耐人寻味。如“我旅行/这是我心灵的阅读/我阅读/这是我精神的旅行/旅行和阅读都是我心灵的安顿/因为我知道，倘若/一个人的心灵没有安顿的地方/走到哪里都是一个流浪儿”（《秋叶集》）再如，“在佛面前，人是草木/在草木面前，人是佛”（《禅茶集》）这些哲理的诗句，是浅显的，又是深刻的。书中《秋叶集》里有首小诗，这样写道：“夕阳下/秋风里/我漫步在林荫道上/信手拣起一片随风飘落的黄叶/细细看来/这树叶的一面是哲学/树叶的另一面是诗”。这里的诗中之“秋”，自然兼有两种含义，一是自然界之“秋”，一是人生之“秋”，作者在诗中巧妙地将二者融为一体，化为哲学和美学的典型意象，从而赋予更深邃的含义和价值。由此，点燃读者的思维，由一枚秋叶生发开来，扩展延伸，可以联想到一棵树，一个人，一个历史瞬间，一种社会现象，一个团体，乃至一个时代……在其发生、发展乃至消亡的进程中，一方面有着自身的逻辑和规律，即存在的哲学合理性，另一方面，其本身又包含着耐人寻味的趣味性和美学价值，好看，好玩。显然，如此这般看似平淡素朴但却含义深远的哲理诗，只有走到人生之秋的老者，又有着丰富的人生阅历和文学素养，才能写得出来。

著名美学家朱光潜先生在其《诗论》中有言：诗之意境，在刹那中见终古，在微尘中显大千，在有限中寓无限。“言志、重情、明理”，乃为诗之魂。愿吴志义兄长能继续写出更多更好的诗作，让笔下流淌着的这条哲理的小溪长流不息。

2020 年夏月